Alfons Klein

Silvias Begräbnis

Erzählung

Alfons Klein

Silvias Begräbnis

Erzählung

Für Frau Roßkopf
mit freundlichen Grüßen
Alfons Klein
12.10.2017

edition solitär

Der Autor dankt dem Ministerium für Bildung, Familie, Frauen und Kultur sowie der Saarland-Spielbank GmbH für die freundliche Förderung dieses Buchprojekts.

ISBN 978-3-938889-82-4

www.edition-solitaer.de

1. Auflage 2009

Verlag: Edition Solitär im Geistkirch-Verlag, Saarbrücken
Titelgestaltung: Florian Brunner, Saarbrücken
Satz und Layout: Harald Hoos, Landau
Druck: Unionprint, Saarbrücken

»Doch ein Schatten fällt von jenen Leben
in die anderen Leben hinüber,
und die leichten sind an die schweren
wie an Luft und Erde gebunden.«

(Hugo von Hofmannsthal)

»Dies irae dies illa
solvet saeclum in favilla
teste David cum Sibylla.«

(Sequenz aus der Totenmesse)

»O halt uns Welt im süßen Licht der Tage,
und lass, solang ein Leben währen kann,
die Liebe währen!«

(Marie Luise Kaschnitz)

»Rein bleiben und reif werden- das ist schönste
und schwerste Lebenskunst.«

(Walter Flex)

I

Die Totengräber traten aus dem Festzelt, als ich in den Weg einbog, der zum Friedhof führte. Sie setzten, einer nach dem anderen, ihre schwarzen Hüte auf und die einen wandten sich nach rechts und die andern wandten sich nach links, um das schwere Leinentuch zurückzuschlagen, damit Tote und Trauernde unbehindert das Zelt verlassen könnten.

Während der Zeit, in der die Friedhofskapelle umgebaut wurde, diente das Zelt der Einsegnung der Toten. Die Leute hatten sich eine Zeitlang aufgeregt. In der Tat war das Zelt, wenn man es so sah mit seinen tief blauen und leuchtend gelben Streifen, eher dazu geeignet, Vorfreude auf einen bierseligen Abend mit Blasmusik aufkommen zu lassen als auf letzte Geleite einzustimmen und Gedanken an die ewige Seligkeit zu fördern. Da hätte es doch sicher auch noch andere Zelte gegeben, sagten die Leute. So etwas!

Auf dem Platz vor der mit Gerüsten umstellten Friedhofskapelle harrten die Trauernden, für die im Zelt kein Platz mehr gewesen war. Sie krochen frierend tiefer in ihre Wintermäntel, während ein Schneeschauer niederging.

Ich hatte Karl Bäumchen erspäht und trat zu ihm. »Und?« fragte ich mit auffordernder Kopfbewegung. »Geh mir fort!« antwortete er und winkte ab. »Ich hab die Freck.« »Kein Wunder, bei dem Wetter«, sagte ich. Er zerrte eine Tempopackung aus der Manteltasche, entnahm ihr ein Taschentuch und schnäuzte sich geräuschvoll. »Ist der Horst auch gekommen?« fragte ich. »Glaub ich nicht«, knurrte er aus seinem Taschentuch heraus. »Wie soll der von Brasilien so schnell her kommen? Wenn sie ihn überhaupt erreicht haben!«

Die Totengräber trugen jetzt den Sarg heraus und stellten ihn auf die bereit stehende Lafette. Es sind ja eigentlich keine Totengräber, das Ausheben der Gräber besorgt heute ein kleiner Bagger, der Totengräberbagger. Die Männer sind eher Leichenträger, aber das sagt man auch nicht, Friedhofsbedienstete ist wohl die korrekte Bezeichnung, farblos wie alle korrekte Bezeichnungen.

Die Trauernden formierten sich zum Zug, vorne hatten sich der Priester und die Messdiener aufgestellt. Aus dem Rauchfass, das einer der Messdiener heftig schwenkte, stieg eine Wolke von Weihrauch auf und zog zu uns herüber.

Ich rieche den Weihrauch gern. Ich rieche den Weihrauch und rieche die Vergangenheit. Meine Vergangenheit riecht nach Weihrauch. Der Geruch von feiertäglichen Hochämtern, von Prozessionen, von Begräbnissen steigt aus meiner Vergangenheit auf. Wenn ich bei einem Begräbnis den Weihrauch rieche, ist es mir, als fände das Begräbnis nicht nur jetzt statt, sondern gleichzeitig in der Vergangenheit. Vielleicht ist Vergangenheit das falsche Wort, ein Wort, das den Glauben nahe legt, als sei etwas vorbei und endgültig passé, während es doch in Wirklichkeit so ist, dass das, was war, nicht einfach aufhört, und das, was jetzt ist, sich derart aus der Vergangenheit speist, dass die Bilder alles überlagern und die pure Gegenwart lediglich aus tanzenden Schneeflocken und einem Kältegefühl trotz dicken Wintermantels zu bestehen scheint, einem Kältegefühl, von dem auch keineswegs sicher ist, dass es sich nur den spätwinterlichen Temperaturen verdankt, vielleicht rührt es mehr von dem aus fernen Tagen herzitternden Gedanken »Mitten in dem Leben sind wir vom Tod umfangen«.

Vergänglichkeit, das ist es wohl. Ein Wort, das zwischen Gegenwart und Vergangenheit vermittelt. Es gibt der Gegenwart den blässlichen, bröckelnden Anstrich eines Gebäudes, dessen Verfall nur eine Frage der Zeit ist.

Die kleine Glocke der alten Friedhofskapelle begann zu läuten, als der Zug sich in Bewegung setzte, es war ein durchdringendes, winselndes Bimmeln, das in den Ohren wehtat, und die Angehörigen und Trauernden und die, die mitgingen, weil sie sich verpflichtet fühlten mitzugehen, schlossen sich dem Sarg an, der jetzt auf der Lafette von den vier schwarz gekleideten Männern den wuchtigen Türmen des Friedhofseingangs zugeschoben wurde, über dem die verschnörkelte, in

Kunstschlosserei ausgeführte Schrift mahnte, tröstete, drohte: »Wir sehen uns wieder.«

Karl und ich traten neben den Wagner Hans und seine Frau Else. Während Hans mir schweigend die Hand reichte, sagte Else in ihrer direkten Art zu mir: »Du bist auch kahler geworden, seit wir uns das letzte Mal gesehen haben.« »Wir werden alle nicht jünger«, antwortete ich. »Wann war denn das?« fragte Else, unserer letzten Begegnung nachsinnend, um sich gleich die Frage selbst zu beantworten: »Das war bei der Beerdigung vom Ralf.« »Ja, der ist jetzt auch schon drei Jahre tot, der Kreisjägermeister«, nickte Hans mir zu. »Ach Gott, ist das schon drei Jahre her«, sagte ich. Wir waren jetzt in dem Alter, wo Beerdigungen den Zeitverlauf markieren und der Erinnerung Orientierung bieten.

Der Zug bewegte sich auf dem asphaltierten Hauptweg des Friedhofs langsam vorwärts. Auf den Gräbern zu beiden Seiten und ihrem Koniferenbestand lag eine dünne Schneeschicht. Eine Schar Krähen kreiste kreischend über den hohen Bäumen vor der Friedhofsmauer. Wie schwarze zerrissene Tücher flatterten sie im trüben Grau des Nachmittags. »Die Krähen schrein und ziehen schwirren Flugs zur Stadt«, zitierte ich halblaut vor mich hin, »wohl dem, der eine Heimat hat.« Karl sah mich verwundert von der Seite an.

Früher wurde, während der Zug zum Grabe schritt, der schmerzhafte Rosenkranz gebetet, die Frauen beteten vor und die Männer holten ab, wie man so sagte. Was waren das damals noch für Beerdigungen gewesen! Ich hatte sie mit der ganzen wehmütig-süßen, unbeteiligten Anteilnahme dessen erlebt, der aus sicherem zeitlichem Abstand die weihevollen Handlungen verfolgt, die die Schrecken des Todes in Andacht und Schönheit zu verwandeln trachten. Die Beerdigungen führten damals von der Pfarrkirche aus durch die ganze Stadt, da gab es noch keine Friedhofskapelle. Zusammen mit den anderen Messdienern schritt ich vor dem Pastor her, hinter uns trotteten die mit schwarzen Decken und blitzendem Silberzeug prächtig und funeber aufgeputzten Pferde, die den Leichenwagen zogen, zu dessen beiden Seiten düster-festlich die Kränze hingen, und die

Leute auf der Straße blieben stehen, zogen den Hut und murmelten: »Herr, gib ihm die ewige Ruhe!« Ich setzte meine ganze Messdienerehre darein, das Feuer nicht ausgehen zu lassen, ich gab mir die größte Mühe, die Holzkohlen im Rauchfass den ganzen Weg über glühend zu halten, ich schwenkte das silbern schimmernde Gefäß, dass die Luft durch die ziselierten Ritzen strich und die Glut immer wieder anfachte. Wenn ich am Grab die kleine Kuppel des Rauchfasses mit der Kette hochzog und der Priester dem Schiffchen, das der andere Messdiener hinhielt, mit silbernem Löffel Weihrauchkörner entnahm und sie auf die lebendige Glut legte, stieg eine perlgraue, duftende Rauchwolke empor, dem Pastor und Gott und mir ein Wohlgefallen.

Es war in Ordnung, dass die Menschen starben. Sie waren ja nur »Gast auf Erden« und gingen ihr Leben lang »der ewigen Heimat zu«. Jetzt waren sie an ihrem Ziel angekommen. Sie waren heimgegangen. Die Kirche schmückte den Heimgang und hob ihn unter Weihrauch und Gebeten in die unstörbare Sphäre eines Glanzes, der nicht von dieser Welt war. Das ewige Licht leuchtete den Heimgegangenen.

»Gell, es war das Herz?«, fragte Else. »Ich meine, sie hat Asthma gehabt«, sagte Karl. Er sah mich an. Ich zuckte die Schultern. »Ich weiß es nicht«, sagte ich.

Ich hatte keine Ahnung. Plötzlich wurde mir bewusst, dass ich nichts mehr von dieser Frau wusste. Es hatte Zeiten gegeben, wo ich glaubte, alles von ihr zu wissen, und wo ich alles von ihr wissen wollte. Wie lange war das her! Hatte ich sie damals geliebt? Kein Gefühl antwortete in mir, nur die Erinnerung deutete an, dass es so gewesen sein könnte. Aber muss man der Erinnerung Glauben schenken? Die Erinnerung ist trügerisch. Und auch wenn ich der Erinnerung glaubte, gäbe es keinen Bezug zur Gegenwart. Ich kann mir nicht vorstellen, dass es Liebe war, weil ich keine Liebe mehr spüre. Vielleicht sage ich das aber auch nur, um die Distanz zu vergrößern, um von dieser Frau und diesem Tod so abzurücken, dass ich beruhigt in der letzten Reihe des Beerdigungszuges gehen kann.

Nein, eine gewisse Beunruhigung bleibt. Sie beruht auf dem undeutlichen Gefühl, dass da früher etwas war, was zwar jetzt schon lange nicht mehr ist, aber doch einen Platz in meinem Leben beansprucht. Sie beruht darauf, dass ich nicht so genau weiß und auch nicht so genau wissen wollte, wie es dieser Frau erging, die mir einmal sehr nahe gestanden hatte. Sie war mir gleichgültig geworden. Ich hatte mich in die Gleichgültigkeit gerettet. Die Gleichgültigkeit ist eine große Lebensretterin. Ich war sozusagen ans sichere Ufer gelangt und hatte die stürmische See hinter mir gelassen, auf der ihr Lebensschiff damals kreuzte.

Ich habe nicht mehr an all das denken wollen und ich habe auch nicht mehr daran gedacht. Es ist lange her. Aber jetzt muss ich daran denken, denn wenn ich auch in der letzten Reihe gehe, so ist es doch die letzte Reihe einer Beerdigung. Und vor dem Tod sind nicht alle Menschen gleich, zumindest nicht für die Zurückbleibenden.

Inwiefern ist der Mensch für des anderen Unglück verantwortlich? Zwei Menschen finden sich und nach einiger Zeit trennen sie sich, aus welchem Grund auch immer. Und nach der Trennung geht es mit dem einen glücklich weiter und mit dem anderen unglücklich. Ist der Glückliche dann schuldig? Bringt Trennung immer Schuld mit sich? Beruht jedes Glück auf einer Schuld? Oder ist der Unglückliche nur nicht glücksfähig und wer nicht gerettet wird, ist selber schuld?

Ich bin danach auch nicht gleich glücklich gewesen, ich bin auch unglücklich gewesen. Ich hätte damals sagen können, sie ist schuld, dass ich unglücklich bin. Aber ich habe mich gefangen, wie man so sagt, und habe aus meinem Leben etwas gemacht. Ich habe mir längst abgewöhnt zu fragen, wie es anders hätte kommen können. Ich habe meinen Lebensfaden, der zeitweise mit dem ihren schicksalhaft verknüpft war, aus dieser Verknüpfung gelöst und sehe ihn klar und rein dahingespannt. Es ist alles in Ordnung.

Und dann gab es später wieder eine Zeit, wo wir uns nahe kamen. Aber es war zu spät. Da waren wir andere geworden. Aber vielleicht hätte sie mich da noch mehr gebraucht als am Anfang.

Lange Zeit dachte ich, es ist nicht gut sich zu erinnern, dann steigt alles wieder auf und verwirrt dich und quält dich und bringt doch nichts. Ich wollte von all dem nichts mehr wissen. Ich wollte keine Unruhe. Ich wollte keinen Schmerz. Ich wollte kein Schuldgefühl. Ich wollte das Gefühl, dass es so richtig ist, wie es gekommen ist, nicht in Frage stellen.

Jetzt muss ich mich erinnern. Jetzt kann ich mich erinnern. Die Erinnerung wird folgenlos bleiben. Was geschehen ist, ist geschehen, daran kann man nichts mehr ändern. Nichts veranlasst mich mehr, etwas zu ändern und die erreichte Ordnung zu stören. Es ist definitiv so, wie es ist. Ich erinnere mich, um zu verstehen. Ich kann mich auf das Verstehen einlassen. Ich kann mir ein Verständnis der Vorgänge erlauben, ohne befürchten zu müssen, in sie einbezogen zu werden. Die Vorgänge sind Vergangenheit und haben keinen Einfluss mehr auf die Gegenwart, denke ich.

Wie gut ist es, wenn etwas Vergangenheit geworden ist! Es kann nicht mehr gestört werden. Es hat den Zustand erreicht, wo es keiner Veränderung mehr ausgesetzt ist. Man braucht sich nicht mehr darum zu kümmern, wie es denn nun verlaufen soll. Die Zweifel sind zur Ruhe gekommen. Man kann bereuen oder bedauern, dass es so gekommen ist, aber das nutzt nichts mehr. Man hat es hinter sich gebracht. Man muss sich zufrieden geben.

Meine Mutter hatte im Alter diese Einstellung allen möglichen Begebenheiten gegenüber, ganz gleich, ob sie angenehm oder unangenehm waren. »Jetzt haben wir das da auch wieder hinter uns!« sagte sie mit dem Ausdruck von Erleichterung. Sicher sprach daraus die Mühe, die es ab einem gewissen Alter bereitet, etwas zu erleben und etwas zu verrichten, aber auch die Genugtuung, etwas hinter sich gebracht zu haben, war unverkennbar. Sie wollte sagen: Das ist jetzt Gott sei Dank einigermaßen gut vorbeigegangen. Es ist in der Vergangenheit aufgehoben und kann das Leben nicht mehr stören. Und wenn sie etwas Gutes vollbracht hatte, gehörte es nach ihrer Vorstellung zu den Schätzen im Himmel, die weder Rost noch Motten verzehren.

Und wenn man etwas nicht gut hinter sich gebracht hat? Dann möchte man es gern ändern, aber es geht nicht mehr.

Die Zweifel steigen auf. Selbstvorwürfe quälen. Warum hast du …? Warum hast du nicht …? Hättest du doch …? Man lässt alles noch einmal an sich vorbeiziehen. Man kann nichts mehr ändern. Man kann es vielleicht verstehen. Aber beruhigt das?

II

Es begann mit der Fete bei Danny, nein, mit der Aufnahme in den MCB, den »Men Club Brutal«. Ich muss lächeln, wenn ich daran denke. Was waren das alles doch für verrückte Sachen damals! Ich war zum Pfarrfest gegangen. Eigentlich hatte ich überhaupt nicht hingehen wollen, erst auf das Drängen meiner Mutter war ich hingegangen. »Vergrab dich nicht so«, hatte meine Mutter gesagt, »man muss unter die Leute gehen.«

Ich hatte mich zum Wagner Hans gesetzt. Als ich in den vollbesetzten Saal trat, lief ich seiner Frau Else in die Arme. Else war damals die Vorsitzende der katholischen Frauengemeinschaft, die das Pfarrfest organisierte. »Hast du schon einen Platz?« fragte sie. »Nein«, sagte ich, »es ist ja alles besetzt.« »Setz dich zum Hans, der sitzt da drüben, ich komme auch, wenn ich Zeit habe.«

Nachher waren noch Max und seine Frau Waltraud gekommen und wir waren zusammengerückt. Max hatte gleich eine Runde ausgegeben und dann hatte Hans eine Runde bestellt und dann bestellte ich natürlich auch eine. »Es ist ja für einen guten Zweck«, sagte Else, als sie das Bier brachte, und Max antwortete: »Wir trinken immer für einen guten Zweck.« »Das ist es ja«, sagte Hans, »warum wir überhaupt trinken.«

Schließlich waren wir schwer munter und Else hatte sich auch zu uns gesetzt und die beiden Frauen waren auch ganz schön aufgekratzt und lachten über jede Kleinigkeit, und ich fühlte mich sauwohl und voller freundschaftlicher Gefühle für alle Welt. »Uns ist ganz kannibalisch wohl als wie fünfhundert Säuen!« rief ich und daraufhin nahmen sie mich in den Club auf. »Den Gerhard nehmen wir in den Club auf«, verkündete Max, »der ist in Ordnung.« »Sag das noch mal mit den Säuen!« forderte Hans mit schwerer Zunge. Ein paar ältere Katholikinnen am Nebentisch blickten säuerlich herüber.

Also ging ich am nächsten Dienstag in die Hubertusschenke, wo der Club sich traf. Da saßen sechs, sieben junge Männer am Tisch, die ich alle mehr oder weniger kannte. Max stellte sie mit ihren Clubnamen vor: »Der Danny, der Puschkin, der Unkas, der Hadschi, Mackie Messer, und das«, er wies auf Hans, »ist der Stier.« »Von Uri«, sagte ich spontan. »Wieso von Uri?« fragte Hans verwundert. »Kennst du nicht den Wilhelm Tell?« fragte ich. »Woher soll ich den kennen? Wo wohnt denn der?« »Pass auf!«, sagte ich und erzählte in gedrängter Form die Geschichte von Tell und dem Schweizer Freiheitskampf. »Ei gut dann«, sagte Hans, der Vergleich mit dem Schweizer Freiheitskämpfer gefiel ihm. Seitdem hieß er »der Stier von Uri«. »Und wie nennen sie dich?« fragte ich Max. »Ich bin der Mann aus Laramie«, sagte Max großartig und schlug sich mit der Faust auf die Brust.

Die meisten waren neben ihrem Beruf Jäger oder Fischer oder beides, die Liebe zur Jagd oder zum Fischen war das Band, das sie umschloss und das sie immer wieder mit viel Bier und Schnaps festigten. Harte Burschen, wie sie sich sahen, die für raue Sitten und harte Getränke eintraten.

Ich fragte mich gleich am ersten Abend, was ich hier solle. Eigentlich hatte das gar nichts mit mir zu tun. Das lag überhaupt nicht auf meiner Linie. Aber dann fühlte ich mich doch geschmeichelt, als Max eine kleine Rede hielt, »also der Gerhard, der ist schwer in Ordnung, der passt zu uns, der kann etwas vertragen, der hat auch etwas auf'm Kasten, das habt ihr ja grad gehört.« Anscheinend sah Max mich als Intellektuellen an. Ich hatte Abitur, ich war stellvertretender Leiter der Stadtbibliothek, das imponierte Max, der im Club den Ton angab. Ein Gebildeter, der mitmachte, kein so arrogantes Arschloch, das sich für was Besseres hielt.

Nach einigen Runden Steinhäger und Bier war ich so hochgestimmt, dass ich selbst eine Rede hielt und von der Freundschaft heiligem Band sprach und von der gemeinsamen Liebe zum Wald und zur Natur, und dann sangen wir mit rauer Kehle: »Ich schieß den Hirsch im wilden Forst« und die Wirtin spendierte eine Runde Soleier.

Einige Wochen später war dann das Fest bei Danny. Der Club war vollzählig angetreten, die Verheirateten wurden von ihren Frauen begleitet, die Unverheirateten hatten teilweise eine Freundin mitgebracht, und dann waren noch ein paar Freundinnen der Frauen dabei, denn die Clubfeste hatten einen Ruf wie Donnerhall und zogen die Frauen an.

Die Männer standen erst einmal in einer Ecke des Raumes und leerten mit atemberaubender Geschwindigkeit eine Flasche Puschkin »für harte Männer«. Das war damals ganz neu. Die kandierten Kirschen, die man mit einer Flasche Puschkin miterstand, verschmähten sie. »Geh mir fort mit dem süßen Zeug!«

Die Frauen hatten sich auf Sofa und Sesseln und Sitzkissen im Schatten eines mächtigen Gummibaumes niedergelassen. Sie sprachen über die neuesten Ereignisse in Stadt und Pfarrei und nahmen ab und zu einen Schluck aus den Gläsern mit Wein, die auf dem Nierentischchen vor ihnen standen. Der Raum war abgedunkelt, die mit Krepppapier umkleideten Lampen warfen rötlich- verruchtes Licht auf die gutbürgerliche Szene. In einer Ecke des langgestreckten Raumes lagen Matratzen auf dem Boden, über die Wolldecken gebreitet waren.

Die Männer sangen jetzt »Bei uns in Laramie kennt jeder Cowboy den schwarzen Jonathan«. Sie standen im Kreis und sangen und wiegten die Bierflaschen in der Hand und sich in den Hüften. Danach wussten sie nicht mehr so recht, was sie miteinander anfangen sollten, und wandten sich den Frauen zu. Leise Musik jetzt, im schummrigen Schein der Lampen wurde getanzt. Ich tanzte mit Silvia. Sie war die Freundin von Waltraud, die sie mitgebracht hatte. Die Getränke hatten mich in die richtige Stimmung versetzt. Leicht und locker, draufgängerisch fast, was ich sonst nie war. Ich drückte Silvia fest an mich und sie legte ihren Kopf an meine Schulter. Meine Hand fühlte auf ihrem Rücken unter der dünnen Bluse den Verschluss des Behas. Ich glitt unter den sparsamen Bewegungen des Tanzes in eine andere Welt hinüber. Ich küsste ihren Hals. »Eine Reise ins Glück«, versprach die schmelzende Stimme der Sängerin. Die Paare lagerten sich auf den Matratzen und schmusten. Seit der Tanzstundenzeit war ich einer Frau nicht mehr so nahe gewesen. Ich hatte überhaupt keine Erfahrung mit Frauen. Ich begehrte sie und hielt mich fern von ihnen. Mutter Kirche und meine eigene Mutter hatten mich in dieser Haltung bestärkt, ich meine, im Sichfernhalten, nicht im Begehren. Frauen waren rätselhaft und gefährlich. Man musste sie ehren und achten und heilig halten und ahnte dunkel, dass ganz schöne Schweinereien dahinter lauerten.

Und jetzt lagen wir, die Oberkörper halb an die Wand gelehnt, nebeneinander. Ich hatte den Arm um Silvia gelegt, ich streichelte mit der Hand über den Rock, der ihre Schenkel bis über die Knie bedeckte, ab und zu küssten wir uns zaghaft, dabei fiel ihr langes, braunes Haar über mein Gesicht. Ich sagte zu Silvia: »Du hast so schönes Haar.« Sie lächelte. Ich sagte zum Augenblick: »Verweile doch, du bist so schön!« Er schien sich überreden zu lassen.

Ein Schrei ließ mich zusammenfahren. »Hey, ihr Männer«, schrie Max, »hört auf mit dem Süßholzraspeln, der Club ruft euch, ihr Lahmärsche.« Wir rappelten uns auf und scharten uns um Max und legten die Arme einander um die Schultern und wiegten uns in den Hüften und sangen mit rauen Stimmen und fühlten uns als harte Männer und treue Freunde, die miteinander durch dick und dünn gehen, und das Wissen um die Frauen im Hintergrund erhöhte unser hochprozentiges Selbstgefühl noch um einiges. »In einer Bar in Mexiko«, sangen wir, »da stand ich einst und war so froh«, eine Flasche Racke rauchzart kreiste und wir sangen: »Caramba, carajo, ein Whisky, caramba, carajo, ein Gin, verflucht sacramento Dolores, und alles ist wieder hin.« Ich muss danach ziemlich bald eingeschlafen sein, ich weiß jedenfalls nicht mehr, wie 's weiter ging. Im Traum hörte ich den Stier von Uri brüllen.

Ich erwachte mit schmerzendem Kopf, zusammengekrümmt auf einer Matratze liegend, jemand hatte eine Decke über mich gelegt. Die Sonne fiel durch ein Seitenfenster herein, ich richtete mich halb auf und schaute mich um. Die Frauen waren weg, nur Dannys Freundin Margit schmiegte sich im Schlaf an seinen Rücken. Puschkin schnarchte mit offenem

Mund, der Mann aus Laramie lag mit ausgebreiteten Armen auf dem Bauch und Mackie Messer hatte sich auf dem blanken Boden ausgestreckt, neben seinem Fahrtenmesser, das in die Dielen gestoßen war.

Ich ging ins Bad und pinkelte inbrünstig. Erst da sah ich, dass jemand in der Badewanne lag. Es war Unkas, der letzte Mohikaner, der mit einem Kissen und einer Wolldecke hier sein Lager aufgeschlagen hatte. Zusammengekrümmt lag er in der leeren Wanne und schlief.

Ich drehte den Hahn am Waschbecken auf und ließ mir Wasser über die Hände laufen und tauchte mein Gesicht hinein. Ich trank das kühle Wasser aus den hohlen Händen, lange. Dabei dachte ich an Silvia.

III

Der Frühling hatte begonnen und ich ging mit Silvia spazieren. Wir gingen durch die Felder, auf denen die junge Saat sprosste, wir gingen durch den Wald, in dem das erste liebliche Grün an den Zweigen erschien. Ein heller Buchenwald, durch den das Blau des Himmels leuchtete. Wir saßen am Rand des Waldes auf einer Bank und sahen auf die Stadt hinunter.

»Ich halte das nicht mehr aus«, sagte Silvia unvermittelt. Sie schüttelte energisch den Kopf.

»Was hältst du nicht mehr aus?« fragte ich erschrocken. Ich bezog es auf mich.

»Ich kann so nicht leben«, sagte sie. »Alles, was ich tue, ist vorgeschrieben, alles, was ich tue, wird überwacht. Es ist wie im Gefängnis. Nein, schlimmer, ich muss für alles auch noch Rechenschaft ablegen. Du stellst dir nicht vor, wie das bei uns daheim ist.«

Ihre Eltern hatten im Nachbarort einen kleinen Laden, der von den Familienmitgliedern betrieben wurde. Sie konnten ganz gut davon leben. Die Mutter kränkelte, sie lag tagelang im verdunkelten Zimmer und litt an Migräne. So viel wusste ich.

»Immer wenn besonders viel zu tun ist, hat meine Mutter Migräne«, sagte Silvia. »Dann hängt alles an mir. Wenn die Tante Clara nicht wenigstens kochen würde, müsste ich das auch noch machen.«

»Das Geschäft ist halt die Existenzgrundlage deiner Eltern«, sagte ich. Ich zeigte Verständnis für ihre Eltern. »Sie werden eben in ihrem Alter nicht mehr so gut damit fertig, zumal wenn deine Mutter gesundheitlich schlecht dran ist. Können sie denn nicht jemand einstellen?«

»Das ist zu teuer, sagt mein Vater«, sagte Silvia. »Es ist natürlich viel billiger, die eigene Tochter im Laden zu haben, die nur ein Taschengeld bekommt. Und wenn ich etwas sage, heißt es: Du hast doch alles, was du brauchst. Außerdem ist das hier alles für dich. Das Geschäft ist sozusagen meine Aussteuer. Aber ich will diese Aussteuer nicht.«

Ihr Bruder hatte studieren dürfen. Er hatte Medizin studiert und war Assistenzarzt in einer Klinik. Er kam einmal im Monat nach Hause, um die Bewunderung seiner Eltern und ihre Dankbarkeit für seinen Besuch zu genießen. Für Silvia waren Abitur und Studium nicht in Frage gekommen.

»Natürlich hätte ich auch aufs Gymnasium gehen wollen«, sagte sie. »Ich hatte in der Schule immer viel bessere Noten als mein Bruder. Aber wenn ich davon anfing, sagte meine Vater: Warum willst du Abitur machen? Du gehst ja doch heiraten. Und du bekommst ja auch das Geschäft.«

Sie durfte zwei Jahre ein Internat für höhere Töchter besuchen.

»Das war die schönste Zeit meines Lebens«, sagte sie. »Ich lernte die deutsche und die französische Literatur kennen. Ich lernte Klavier spielen. Ich konnte sogar Chopin spielen. Ich bekam Preise für den Vortrag von Gedichten.«

Sie erzählte lange. Es war, wie man so sagt, vieles aufgestaut, das jetzt plötzlich über den Damm des Verschweigens strömte. Ich spürte so viel zurückgedrängten Lebenswillen hinter all dem, was sie erzählte, dass ich ganz überrascht und verwirrt war.

Ich griff nach ihrer Hand, die sie neben sich auf die Bank gestützt hatte. »Was willst du denn tun?« fragte ich bekümmert.

»Heiraten!« sagte sie schroff. »Genau das, was meinem Vater vorschwebt. Aber ohne das blöde Geschäft zu übernehmen.« Sie entzog mir ihre Hand und ballte die Hände im Schoß. »Ich will heiraten und all das zurücklassen. Das erdrückt mich alles. Ich will ein neues Leben anfangen.«

Ich war ratlos. Darauf war ich nicht gefasst gewesen. Wir hatten uns ja gerade erst kennengelernt. Ich stand noch unter dem Zauber der frischen Begegnung und des neuen Erlebnisses. Ein süßes Gefühl, das sich selbst genügte. Warum zerbrach sie dieses zarte Gebilde aus glücklicher Frühlingsstimmung und aufkeimender Liebe mit der Beschwörung einer Realität, auf die ich nicht vorbereitet war? Warum genügte es ihr nicht, mit mir übers Land zu gehen und neben mir auf der Bank zu sitzen und auf die Stadt hinab zu sehen, die im blauen Dunst des Abends lag und aus der jetzt das Läuten zum »Engel des Herrn« zu uns herauf klang?

Heiraten. Ich hatte bisher eigentlich kaum daran gedacht. Der Gedanke daran war mir fremd gewesen. Wieso auch? Ich wohnte bei meinen Eltern, die mich umsorgten wie in den Tagen meiner Kindheit, ich hatte meine Arbeit, die mich befriedigte, ich hatte meine Bücher, in deren Welt ich mich zurückziehen konnte, um die Art von Freude und Entspannung zu finden, die mir zusagte. Sicher, das Körperliche war da, aber das hatte ich ganz gut unter Kontrolle, meist jedenfalls.

Jetzt war Silvia in mein Leben getreten und das war etwas ganz Neues. Es war etwas Schönes, aber es war auch verwirrend. Es war die selig- beunruhigende Störung der bisherigen Ordnung. Es war der Anspruch einer neuen Lebenswirklichkeit. Es könnte alles ganz anders werden. Aber sollte alles ganz anders werden? Ich machte mir keine Gedanken, wie es weitergehen sollte. Ich wollte mir keine Gedanken machen. Im Grunde war ich wohl der Meinung, dass es weitergehen würde wie bisher, dass Silvia sich irgendwie in die bisherige Ordnung einfügen würde. Nein, ich wollte nicht, dass sich etwas grundlegend änderte.

Ich stellte fest, dass meine Mutter Misstrauen gegen Silvia hegte. Sie war reserviert, wenn Silvia am Sonntagnachmittag bei uns zum Kaffee war. Sie wies sie beiläufig auf die bei uns geltenden Gesetze und Gewohnheiten hin. Sie sagte: »Ich hab keine Rosinen in den Kuchen getan, weil Gerhard die nicht mag. Die hat er als Kind schon nicht gemocht.« Sie sprach mit Silvia über das Geschäft ihrer Eltern. »Da werden deine Eltern dich brauchen«, sagte sie auf Silvias Auskünfte hin. »Die werden das nicht mehr allein schaffen, die werden ja auch älter.« »Dann müssen sie das Geschäft eben aufgeben«, sagte Silvia kühl. »Ich hab nicht die Absicht, ewig im Geschäft zu stehen.«

»Von was will sie denn leben«, sagte meine Mutter später zu mir, »das Geschäft ist doch auch ihre Existenzgrundlage.«

»Sie wird ja wohl heiraten«, sagte ich leichthin. »So? Hat sie davon gesprochen?« fragte meine Mutter alarmiert. »Nicht so direkt«, beschwichtigte ich.

Plötzlich war ich in Silvias Leben hineingezogen. Ich hatte ein seltsames Gefühl dabei. Es war durchaus ein Gefühl des Widerstands. Als werde etwas auf mich geladen, was ich nicht tragen wolle. Als zögen über dem heiter dahin fließenden Fluss meines Lebens dunkle Wolken auf. Als flösse er plötzlich rascher dahin und in unbekannte Richtung. Ein Sog wie von Stromschnellen. In der Ferne das Donnern von Wasserfällen. Als sei mein Leben gar nicht mehr so sehr mein eigenes Leben, sondern als gleite es ohne mein Zutun dahin.

Meine Eltern hätten sich nicht vorstellen können, dass ich aus dem Haus gehe. Vor allem für meine Mutter hatte meine Kindheit nie ganz aufgehört. Ich gestehe, dass mir dieser Zustand durchaus behagte. Ich wurde umsorgt, die täglichen Dinge des Lebens waren aufs beste geregelt. Ich brauchte mich um Essen, Wäsche, Saubermachen nicht zu kümmern. Alles spielte sich in einer Atmosphäre selbstverständlicher Zuneigung ab. Samstags fuhren wir in meinem VW- Käfer zusammen zum Einkaufen. Sonntags gingen wir zusammen zur Kirche. Wir saßen zusammen bei Tisch und plauderten über die Dinge des täglichen Lebens. Meine Mutter machte alles, was im Haushalt zu machen war, und mein Vater machte alles, was ein Mann im Haus und ums Haus zu machen hatte. Es gab damals noch klare Unterscheidungen der Tätigkeiten, die einem »Weibsmenschen« und einem »Mannskerl« oblagen. Ich brauchte mich um all diese infrastrukturellen Sachen nicht zu kümmern. Meine höhere Bildung schützte mich vor niederen Tätigkeiten. Wenn ich mal aus eigenem Antrieb mich einer handwerklichen Aufgabe zuwenden wollte, z.B. dem Anbringen einer neuen Lampe, dann sagte meine Mutter: »Lass das sein! Du kannst das doch nicht. Dein Vater macht das.« Das war sehr angenehm. Mein Verhalten war voll legitimiert. Ich hatte Zeit für mich, so viel ich wollte, ich hatte alle Freiheit der Welt.

Und jetzt war Silvia da, die all das in Frage stellte. Das machte ich mir gar nicht so klar. Ich war ja verliebt. Das war ein ganz neues Gefühl, das sich über die waltenden Verhältnisse hinwegsetzte. Es kostet mich heute einige Mühe, mir dieses Gefühl in Erinnerung zu rufen. Es ist so lange her. Und die bittere Erinnerung an Enttäuschung ist stärker als die süße Erinnerung an Verliebtheit. Und ich habe dieses letztere Gefühl seither nicht mehr erlebt. Es war nicht mehr möglich. Ich ließ mich nicht mehr darauf ein.

Damals gewann die Vorstellung zu heiraten langsam an Boden. Ich dachte an Heirat nicht wie jemand, der sich eine Entscheidung von großer Tragweite reiflich überlegt. Es war das Begehren. Das Begehren, das ich an den Rand meines Lebens gedrängt hatte, flammte plötzlich stark und mächtig in der Mitte meines Lebens wieder auf. Die Begierde quälte, die Begierde war die Tag und Nacht nässende Wunde, die keine Linderung fand. Von Begierde erschöpft, fand ich spät in einen von unruhigen Träumen zerfetzten Schlaf. Am Tag saß ich am meinem Arbeitsplatz in der Stadtbibliothek und blätterte besessen in Büchern, die der Begierde Vorschub leisteten: Pallieter und Decamerone und die Blechtrommel. Zu einer Mitarbeiterin, die nach einer Signatur fragte, sagte ich geistesabwesend: »Die Signatur des Fleisches.« Sie sah mich erschrocken an.

Ich begehrte Silvia. Die Zeit, Hand in Hand durch die Felder zu gehen und auf Parkbänken sanfte Küsse auszutauschen, war vorbei. Das Fleisch pochte auf sein Recht und ließ sich nicht beschwichtigen. Ich legte die Hand auf ihr bestrumpftes Knie und ließ sie langsam hochwandern, bis sie sie festhielt. Sie sah mich an, und ich schlug die Augen nieder. Sie hatte ja Recht. Es war auch nicht recht, dass ich ihre Brust zu berühren suchte, und es war in Ordnung, dass sie sich der Berührung entzog.

Wir kamen beide aus der katholischen Jugend, wir waren auf Reinheit eingeschworen. Keine Zärtlichkeit vor der Ehe, sagten die Priester. Sie wiesen auf die gottgewollte Ordnung hin. Sie sagten: »Deine heilige Vaterkraft gehört nicht dir und deinen Lüsten.« Sie erklärten den Körper zum Tempel des heiligen Geistes und legten einem ihm gegenüber eine Ehrfurcht nahe, dass einem schwindelte. Aber der Körper fiel immer wieder aus der Rolle. Er verhielt sich einfach nicht so, wie er sich verhalten sollte. Der Geist ist willig, aber das Fleisch ist schwach. Ich hielt es unter Kontrolle, so gut es ging. Aber wenn ich beim Friseur oder Zahnarzt saß, verführten mich die leicht bekleideten Frauen in den Illustrierten zu fleischlichen Gelüsten und sündhaften Gedanken und Ausscheidungen.

Und jetzt war eine Frau aus Fleisch und Blut neben mir. Das war etwas anderes als die Frauen in den Lesezirkelheften, auch wenn diese Frau nicht leicht bekleidet war. Es war auch nicht die allgemeine Frau christlicher Einkehrtage, gegen die man sich nach priesterlichem Rat schützen konnte. »Hüte deine Augen!« rieten die Priester. »Wenn du eine Frau siehst, schlag sie nieder!«

Ja, es wäre gut, zu heiraten. Es wäre die Wiederherstellung der Ordnung, die ins Wanken geraten war. Nein, es wäre die Errichtung einer neuen Ordnung. Der Körper würde unter Segen und Gesetz gestellt, die ihm Lust erlaubten und Befriedigung und Ruhe verschafften.

»Es ist besser, man heiratet, als dass man vor Begierde brennt«, empfiehlt der heilige Paulus.

Ich hielt die Anspannung und Unruhe nicht mehr aus. Ich brannte vor Begierde. Ich konnte nicht mehr schlafen. Ich dachte an Silvia, an ihr langes braunes Haar, das sich über ihren Schultern wellte, an ihren schlanken Hals, an ihren Busen, der sich anmutig unter dem Pullover rundete, an ihre Beine, die unter dem Rock verschwanden und lockend weißgottwohin weitergingen. Da kann der Frömmste nicht in Frieden leben.

Ich ging zur Beichte. »Ich habe Unkeusches getan in Gedanken, Worten und Werken.« »Allein oder mit andern?« fragte der Priester. »Allein.« »Wie oft?« fragte der Priester.

Ich ging jeden Samstag beichten, damit ich keine höheren Zahlen nennen musste. Die Beichte brachte nur einen kurzen Waffenstillstand ein.

Ich fragte Silvia, ob sie mich heiraten wolle.

IV

Der Beerdigungszug bewegte sich schwarz und schweigend im wirbelnden Schneefall den Hauptweg des Friedhofs entlang. Große weiße Flockenfetzen totentanzten in der graugewirkten Luft.

Am schlimmsten, fiel mir ein, nicht im Sommer sterben, wenn alles hell ist und die Erde leicht. Stimmt auch nicht, dachte ich, die Dichter sagen lauter Sachen, die nicht stimmen. Was ist verheißungsvoller als unter einer weichen Schneedecke zu liegen, die über das ruhende Land gezogen ist und im Frühjahr zurückgeschlagen wird wie an einem neuen Morgen? Was ist tröstlicher als das reine, unschuldige Kleid des Schnees, das einen umhüllt wie ein Versprechen der Auferstehung?

»Oh, Gräbers Trina hat einen neuen Grabstein«, sagte Else zu der Frau, die neben ihr ging, »das hab ich ja noch gar nicht gesehen.« »Dem Trina sein Mann hätte besser etwas für es getan, als es noch lebte«, sagte die Frau, »das hat doch nichts Schönes bei dem gehabt.« »Aber einen schönen Grabstein hat es«, sagte Else.

Auf einem alten Grab stand ein zur Seite gesunkener Engel und wies mit der Hand, statt bedeutungsvoll zum Himmel, wie es wohl in des Bildhauers Absicht gelegen hatte, auf eine kahle Birke, was dem geneigten Gemüt sicherlich auch einiges sagen mochte. Eine dünne Schneeschicht legte sich auf die Tannenzweige, mit denen manche Gräber bedeckt waren, und umhüllte anderswo die verblühten Stiefmütterchen, die den Winterbestand bildeten.

Der Zug war an der Begräbnisstätte angekommen. Die Friedhofsbediensteten hoben den Sarg von der Lafette und stellten ihn auf den Brettern ab, die quer über der Grube lagen. Sie traten auf beide Seiten des Grabes und ergriffen die Enden von zwei über das Grab gelegten Stricken. Sie hoben den Sarg mit den Stricken ein wenig an, während ein anderer die Bretter wegzog, und ließen ihn langsam und gleichmäßig in die feuchte Tiefe des Grabes hinab, dessen lehmige Wände gelb und rötlich glänzten.

In die Tiefe hinab gelassen. In die Tiefe der Gräber senkt man die Verstorbenen und entlässt sie aus dem schönen oberflächlichen Land der Lebenden und mit ihnen senkt man ihr Leben hinab, das vergangen ist. Aus der Tiefe der Gräber aber steigen auch die Verstorbenen wieder herauf und nehmen lächelnd Platz an der Tafel der Erinnerung. Da sitzen sie wie Gäste und erzählen von dem, was war, so dass es scheint, dass es wieder ist. Und der Gastgeber lauscht ihnen und weiß, dass das Mahl durch sie seinen Glanz erhält und dass ohne sie das Mahl des Lebens schal wäre.

V

»Gehst du mit dem Mädchen?« hatte meine Mutter nach einiger Zeit gefragt.

»Ja«, sagte ich.

»Willst du sie heiraten?« fragte sie

»Eigentlich schon«, sagte ich vorsichtig.

Meine Mutter schwieg. »Du musst es ja wissen«, sagte sie dann. »Aber so schön wie jetzt kriegst du es nie mehr.«

»Warum soll er nicht heiraten?« sagte mein Vater. »Wir haben ja auch geheiratet.«

»Schwätz nicht so dumm!« sagte meine Mutter ärgerlich. »Das ist etwas ganz anderes.«

»Wenn er mit dem Mädchen geht, muss er sie auch heiraten«, sagte mein Vater. »Er kann nicht dem Mädchen Hoffnungen machen und sie dann sitzenlassen. Dann muss er sie auch heiraten.«

»Zum Heiraten hätte er immer noch Zeit«, sagte meine Mutter.

Silvia drängte darauf, dass wir den Termin festlegten. Sie wollte so schnell wie möglich daheim raus. Ich versuchte ja sie zu verstehen, aber so schlimm fand ich es bei ihr zuhause wirklich nicht. Sie hatte mich ihren Eltern vorgestellt, ich fand sie ganz sympathisch. Sicher, der Vater war ein Patriarch und bestimmte alles. »Er ist ein Despot«, erklärte Silvia.

»Von mir aus könnt ihr heiraten«, sagte er mit seiner lauten Stimme, »und die Hochzeit richte ich euch auch aus. Ihr braucht euch um nichts zu kümmern. Aber damit eins klar ist für danach: Ich brauche die Silvia im Geschäft.«

»Aber nicht mehr jeden Tag«, sagte Silvia, »ich hab ja dann meinen Haushalt.«

»Das bisschen Haushalt wirst du doch packen!« rief der Vater unwillig.

»Ich komme dann nicht mehr jeden Tag«, beharrte Silvia.

»Du wirst doch deinen Vater nicht allein im Geschäft stehen lassen!« sagte die Mutter vorwurfsvoll. »Du weißt doch, dass er dich braucht.«

»Er kann sich ja jemand nehmen«, schlug Silvia vor.

»Wovon soll ich denn das bezahlen?« regte der Vater sich auf. »Wenn ich noch jemand einstellen soll, kann ich gleich zumachen.«

»Und warum machst du nicht zu?« fragte Silvia kühl.

Der Vater bekam einen roten Kopf. »Wenn ich so ein dummes Geschwätz höre!« schrie er. »Du weißt genau, dass das nicht geht. Du weißt genau, dass ich noch nicht in Rente gehen kann.«

»Die paar Jahre«, bat die Mutter, »kannst du ihm doch noch helfen. Wenigstens solange, bis er in Rente gehen kann.«

»Ich kann nicht dauernd im Geschäft stehen, wenn ich meinen eigenen Haushalt habe. Der Gerhard braucht mich dann auch zu Hause.«

Ich wollte andeuten, dass ich schon zurechtkäme, ließ es vorsichtshalber aber sein, um die Dramatik der Szene nicht noch zu steigern.

»Deine Mutter hat jahrelang Haushalt und Geschäft gemacht«, schrie der Vater. »Das ist auch gegangen.«

»Ich kann das jetzt nicht mehr«, klagte die Mutter. »Du weißt, dass ich nicht gesund bin. Du musst auch mal an mich denken.«

»Ich denke doch die ganze Zeit an euch«, rief Silvia wütend, »aber ich muss auch mal an mich denken.«

»Für wen mach ich denn das alles?« rief der Vater rhetorisch.

»Für mich brauchst du es nicht zu machen«, antwortete Silvia, »ich hab dir schon hundertmal gesagt, dass ich das Geschäft nicht will.«

»Das ist der Dank!« nickte der Vater bitter. »All die Jahre hindurch hat man sich krumm gelegt und alles gemacht, dass die Kinder es einmal besser haben, und das ist der Dank!«

»Es hat keinen Wert«, sagte Silvia resigniert und schüttelte den Kopf. Sie stand plötzlich auf. »Komm, wir gehen!« rief sie mir zu und eilte hinaus.

Wir gingen eine Zeitlang schweigend nebeneinander her. Silvia lief fast, ich hatte Mühe, mit ihr Schritt zu halten. Erst als wir den Weg in die Felder einschlugen, ließ ihre Erregung allmählich nach. »Ich hab ihm schon hundertmal erklärt, dass es nicht so weitergeht«, sagte sie, »aber er kapiert es einfach nicht. Er will es nicht kapieren.«

»Ich hätte nichts dagegen«, sagte ich, »dass du weiter im Geschäft hilfst. Ich könnte ja mittags bei meiner Mutter essen.«

»Das kommt überhaupt nicht in Frage!« Sie blitzte mich an. »Ich heirate nicht, damit alles so weitergeht wie bisher.«

VI

Etwa zwei Wochen danach waren wir bei Max zur Einweihung seiner Kellerbar eingeladen. Wir traten in einen Raum, dessen Wände und Decke getäfelt waren, links neben dem Eingang war die Bar, einige Hocker standen vor der Theke, alles war in demselben hellen Holz gehalten. Dem Eingang gegenüber lud ein massiver Holztisch mit Eckbank und Stühlen zum gemütlichen Verweilen ein. Den Boden bedeckten rötliche Fliesen.

»Das ist also eure neue Kellerbar.« »Richtig gemütlich ist es hier.« »Das war sicher ganz schön viel Arbeit.« »So Holz, das macht so einen Raum doch gleich viel wärmer.« Während die Frauen Zustimmendes äußerten, schauten die Männer sich zuerst einmal kritisch um.

Waltraud kredenzte den Frauen am Tisch ein Gläschen Sekt, die Männer traten an die Bar. Max stand hinter der Theke vor dem mit Flaschen voll gestellten Regal. »Was wollt ihr trinken?« fragte er und wies mit großartiger Armbewegung auf die Fülle von Spirituosen hinter sich. »Herz, was begehrst du!« sagte ich anerkennend. Mackie Messer sah sich alles genau an und sagte dann: »Hast du irischen Whisky?« »Ich geb dir einen schottischen«, sagte Max, »der ist sowieso besser, hier hab ich einen zwölf Jahre alten Glenfiddich«, und er wuchtete die Flasche auf die Theke. Mackie schüttelte den Kopf. »Ich trinke nur irischen Whisky, gib mir dann lieber einen Himbeergeist!« »Blödmann«, sagte Max, der Mackies Absicht kapierte, »ich schenk dir jetzt einen selbstgebrannten Quetsch aus und dann hältst du dein Maul.« Mackie grinste und die andern verlangten friedlicherweise Sachen, die im Regal standen. »Eigentlich darf ich als Hadschi überhaupt keinen Alkohol trinken«, sagte Hadschi, »aber heute mache ich wegen dem Ramadan eine Ausnahme.« Das sagte er immer. »Feuerwasser«, sagte Unkas und nahm einen großen Schluck Jim Beam, »das war der Untergang der Indianer!«

Für die Männer war die Zeit gekommen, die Einweihungsfeierlichkeiten mit sachkundigen Gesprächen zu begleiten, so lange sie dazu noch in der Lage waren.

»Hast du das alles selbst gemacht?« fragte Danny. »Alles!« erklärte Max stolz. »Die Bar und die Theke und das auch?« fragte Unkas verwundert und klopft auf seinen Hocker. »Das doch nicht, du Depp!« wehrte Max ab. »Den Raum hab ich gemacht, die Fliesen und die Vertäfelung. Das konnte ich natürlich nur machen, weil ich die letzten zwei Monate nicht auf Montage war, da hab ich Zeit dafür gehabt. Aber den ganzen Raum, so wie er da ist, hab ich selbst vertäfelt, die Bodenfliesen verlegt, alles.« »Wo hast du die Paneele her?« »Die hab ich beim Alsfasser gekauft. Der hat eine Riesenauswahl.« »Das ist Buche, nicht?« »Eiche, alles Eiche.« »Das ist aber zweite Wahl,« sagte Mackie Messer. »Mann, das ist eine Kellerbar!« sagte Max ärgerlich.

»Den Balken da oben hast du gut hingekriegt. Da ist wahrscheinlich ein Rohr dahinter.« »Genau. Das ist die Wasserleitung. Und da drüben in der Ecke, das ist der Abfluss. Das war ein bisschen knifflig mit der Verkleidung, aber da gibt´s Leisten mit doppelter Nut und Feder, das geht dann schon.«

Max schilderte die Genese der Kellerbar mit detailfreudiger Genauigkeit. Mit dem Interesse der anderen konnte er rechnen. Die machten selber solche Sachen bei sich zu Hause. Mich haben Erzählungen vom Entstehen handwerklicher Meisterleistungen nie sonderlich interessiert, ich bin jedoch gern bereit, die fertigen Do it yourself-Produkte mit lobenden Worten zu bedenken, denen man zwar gleich anmerkt, dass ich keine Ahnung habe, die aber immer freundlich aufgenommen werden. Wie jemand in monatelanger Feierabendarbeit hämmern und sägen mag, um einen unterirdischen Raum auszugestalten, in dem dann alle paar Monate eine Feier abgezogen wird, die ebenso gut oben im Wohnzimmer stattfinden könnte, wird mir ein ewiges Rätsel bleiben. Aber Kellerbars kamen damals in Mode. Die Kellerkinder von einst waren über die Wirtschaftswunderzeit in der Wohlstandswelt angekommen. Die ehemaligen Keller machten diese Entwicklung mit. Das war nur folgerichtig. Und es würde so weitergehen. In den Kellerbars wurde die Freizeit- und Spaßgesellschaft geboren.

Während Max sein Werk weitläufig erklärte, waren der Stier von Uri und Danny heimlich hinausgegangen, um Bierflaschen zu verstecken. Ihre Erfahrung aus unzähligen Clubfesten sagte ihnen, dass in der späten Nacht unweigerlich Biermangel eintreten würde.

»Leg doch ein bisschen Musik auf!« sagte ich zu Max, der gerade die Deckenvertäfelung episch bewältigt hatte und sich nun unweigerlich auf die Bodenfliesen verlegen würde. Ich hatte Lust, mit Silvia tanzen. Ich ging zum Tisch der Frauen rüber. »Komm, wir tanzen!« sagte ich. »Augenblick, ich erzähle gerade von der Wohnung«, sagte Silvia. Sie erzählte von der Wohnung, in die wir nach der Heirat ziehen würden. »Du kannst nachher doch weiter erzählen«, drängte ich. Ich hatte das Verlangen, sie an mich zu drücken. »Jetzt wart doch mal!« sagte sie und redete eifrig weiter. »Natürlich nicht so knallig«, sagte sie. »Aber Blau ist doch immer kalt«, sagte Else. »Das muss nicht sein«, sagte Silvia, »das kommt drauf an. Ich hab gelesen, dass Blau entspannend und beruhigend wirkt.« »Genau, es kommt auf das Blau an«, sagte Waltraud, »es gibt doch ganz verschiedene Blaus.« »Bei den Übergardinen im Schlafzimmer stelle ich mir ein ganz zartes, pastellartiges Blau vor«, sagte Silvia, »ich hab da auch schon was bei Möbel River gesehen.« »Oh, der ist doch teuer!« sagte Margit. »Der Houy hat auch schöne Gardinen«, sagte Else, »ich hab meine Gardinen alle vom Houy.«

Ich ärgerte mich. Dieses ganze Gerede von Kellern und Wohnungen und Vertäfeln und Einrichten ging mir derart auf den Geist. Silvia hatte mir in den letzten Wochen die Ohren voll gemacht, ich war mitgegangen Vorhangstoffe aussuchen, ich hatte massenweise Urteile über Teppichböden fällen müssen, ich hatte ganze Wagenladungen von Küchen- und Schlafzimmermöbeln angestarrt. Man hätte meinen können, dass die ganze Heirat nur ein Vorwand sei, um hemmungslos den Raumgestaltungstrieb zu befriedigen.

Ich ging zur Gruppe der Männer zurück, die unter der Wirkung von Puschkin, Whisky, Quetsch und Bier sich allmählich von Nutten und Noppen und Nippeln, oder wie das Zeug alles heißt, zu lösen begannen. Wir stellten uns, Bierflaschen und Schnapsgläser in den schaukelnden Händen, im Halbkreis um die Bar und sangen: »Bei uns in Laramie.« Als wir am Rio Grande waren, hatten die Frauen die Wohnung offenbar fertig eingerichtet. Sie kamen herüber. »Wir wollen tanzen«, sagte Waltraud. »Jetzt wird erst einmal gesungen«, sagte Max. »Ach, ihr seid furchtbar«, sagte Silvia.

Die Frauen legten eine Platte auf und stellten den Apparat laut. »Komm, wir tanzen!« sagte Silvia und zog mich am Arm. »Ich hab jetzt keine Lust«, sagte ich trotzig. »Dann lass es stehen«, sagte sie. Sie legte Horst die Arme um den Hals und zog ihn in die Mitte des Raumes, wo Danny und Margit sich im Rhythmus eines langsamen Walzers bewegten.

Horst war durchaus nicht mehr in der Lage, dem Takt der Musik mit den passenden Schritten zu folgen. Er hielt sich krampfhaft an Silvia fest und tappte mit ihr herum. »Hey«, sagte Silvia, »du trittst mir auf die Füße.« »Oh Silvia!« seufzte Horst. Er ließ den Kopf auf ihre Schulter sinken und begann ihr den Hals abzulecken. »Mann«, sagte Silvia, »ich bin kein Eis am Stiel.« Sie löste sich von ihm und ließ ihn stehen. Horst stand einen Moment starr und einsam da, dann sackte er wortlos zusammen und fiel krachend zu Boden.

»Wie eine morsche Sau!« brüllte der Stier von Uri begeistert. Er hielt sich an der Bar fest und lachte wie ein Wilder. »Hey, Puschkin«, rief er Horst zu und winkte mit der Puschkinflasche in der Hand, »dein Namensvetter wartet auf dich!«

Aber Puschkin war bereits über den Rio Grande übergesetzt und hatte sein Nachtlager bezogen. Er legte den Kopf auf den Arm und rollte sich mitten auf der Tanzfläche zur Schlafstellung zusammen. Die Männer schenkten dem wenig Aufmerksamkeit, sie waren voll mit Trinken beschäftigt. »Den müssen wir fortschaffen«, sagte Waltraud zu den Frauen, »kommt, helft mir mal!« »Wo soll er denn hin?« fragte Silvia. »Am besten drüben ins Gästezimmer.« Ich half mit, denn Horst, der schlafen wollte und grummelte und sich hängen ließ, war verdammt schwer. Wir schleiften ihn ins Zimmer und legten ihn aufs Bett.

»Tanzt du jetzt mit mir?« fragte Silvia. Sie war auf einmal ganz sanft. Ich nahm sie in den Arm und wir tanzten langsam und eng durch den Raum, in dem jemand das elektrische Licht gelöscht hatte. Nur einige Kerzen spendeten flackernden Schein.

»Ich will mit dir schlafen«, flüsterte ich. »Bald«, sagte sie, »bald.« »Heute nacht«, beharrte ich. »Wenn wir verheiratet sind«, säuselte sie. »Das ist noch lang«, sagte ich. »Das ist nicht mehr lang«, sagte sie.

Natürlich hatte sie recht. Ich wusste ja, dass das in Ordnung war, was sie sagte. Aber ich hatte einiges getrunken und war verliebt und erregt. Da schien es mir ganz natürlich, was ich wollte. Und natürlich war es ja auch. Aber in Ordnung war es nicht. Wenn diese Nacht vorbei wäre, würde ich wieder einsehen, dass Silvia natürlich recht hatte. Morgen würde ich wieder einsehen, dass es gut ist, seine Triebe zu zügeln und Herr seiner selbst zu sein. Morgen würde ich wieder einsehen, dass es besser ist, anständig zu bleiben. Aber es war noch nicht morgen.

Die Menschennatur bedarf der Verbote und bedarf der Zügelung. Man sieht doch, wo es hinführt, wenn sie sich selbst verwirklichen, wie sie sagen, und ihrer Natur keine Zügel anlegen. Lauter eigenmächtige Individuen, die ihre Rechte einfordern, ihre Ansprüche auf alles und jedes, und die nicht erkennen, dass ihre Forderungen auf Schmälerungen und Einschränkungen anderer hinauslaufen. Sie wollen das Paradies für sich. Und für die andern? Für die andern auch, sagen sie. Aber ist das Paradies groß genug dafür?

Das Paradies, du lieber Himmel! Für den, der vom Baum der Erkenntnis gegessen hat, gibt es das Paradies nicht mehr. Er erkennt, dass es den Menschen nicht gegeben ist, im Paradies zu wohnen. Es gibt zumindest kein Paradies für alle. Das Paradies, das sind die unbegrenzten Möglichkeiten. Die Erkenntnis, das ist die Einsicht, dass die Möglichkeiten begrenzt sind und dass das dem Menschen gemäß ist.

Wo es Paradiese gibt, gibt es auch Wüsten. Oft gleich nebenan. Es scheint nicht anders zu gehen. Zumindest war es bisher so. Die Natur macht nicht mit, sie lässt sich nicht in lauter Paradies verwandeln. Da kann man froh sein, wenn man in einer gemäßigten Zone aufwächst.

VII

In jenem Frühjahr gingen Silvia und ich Hand in Hand durch Wald und Feld und waren verliebt und glücklich.

Glücklich? Nun ja, das ist ein großes Wort, und wenn ich von heute aus unseren Seelenzustand damals benennen will, kommt es mir vor, als sei die Bezeichnung »glücklich« zu hoch gegriffen. Außerdem spreche ich besser von meinem Seelenzustand, denn was könnte ich heute über Silvias Empfindungen damals sagen?

War ich glücklich? Glück im echten Sinne des Wortes könne nur spontan und für Augenblicke empfunden werden, meint Dr. Freud, während diese Empfindung bei längerer Dauer eher den Namen Behagen oder Zufriedenheit oder Wohlgefühl verdiene. Dem würde ich heute zustimmen, aber es kann damals durchaus anders gewesen sein. Warum soll Altersweisheit das letzte Wort behalten oder das erste Wort ersetzen? Die Vermutung ist nicht von der Hand zu weisen, dass die Scheu des Alternden vor Superlativen auf der Abnahme der Kräfte beruht und den überschwänglichen Gefühlen der Jugend nicht gerecht wird. Weisheit überhaupt und ihre Verlautbarungen haben nicht nur mit Einsicht und Erfahrung zu tun, sondern gedeihen durch physischen Kräfteverfall, der dem geschwächten Menschen milde und müde Worte in den Mund legt.

Warum soll es nicht Glück gewesen sein?

Wir gingen Hand in Hand, und wenn wir an eine blühende Wiese kamen, ließen wir uns los und bückten uns und pflückten Blumen: Margeriten, Wiesenschaumkraut, Butterblumen und schön gewachsene Gräser. Wir setzten uns am Waldrand auf eine Bank und ich legte den Arm um sie. Wir waren glücklich. Ja!

»Ich will rein in die Ehe«, sagte Silvia plötzlich unvermittelt. Sie sah in die Ferne zu den waldigen, leicht umflorten Hügeln hin und sagte: »Ich will rein in die Ehe.« Ich war von der spontanen Willensbekundung überrascht, es lag im Augenblick keine Veranlassung dafür vor. Ich nickte nur. Ich hörte ihr zu, wie sie von den Quellen des Lebens sprach, die es nicht zu entweihen gelte. Die wahre Liebe bewähre sich in der Keuschheit vor der Ehe. Sie redete eine ganze Weile und ich hörte ihr verwundert zu. Ich teilte ihre Ansichten prinzipiell, wir waren ja beide von der katholischen Jugend geprägt. Aber die Form, in der diese Anschauungen geäußert wurden, schien mir ziemlich übersteigert. Sie sagte: »Ehrfurcht vor der Ehre eines Mädchens ist das Zeichen eines adelig denkenden Jungmannes«, es klang, als lese sie aus einem Erbauungsbuch vor. Wie kommt sie da drauf? fragte ich mich. Hat sie das irgendwo gelesen? Plötzlich kam mir die Erleuchtung. Nein, das stammte nicht aus einem Erbauungsbuch, das waren die Worte des Kaplans Maurer, der sie möglicherweise aus Erbauungsbüchern hatte. Es war seine Art zu reden. Er redete in der Art von Erbauungsbüchern.

Der Kaplan Maurer spielte eine wichtige Rolle in Silvias Leben. Wenn sie von ihm sprach, leuchteten ihre Augen. Der Kaplan hatte in der Stadt eine lebendige katholische Jugend auf die Beine gestellt. Zugegeben, es waren hauptsächlich Mädchenbeine, aber die waren ansehnlich, ich meine, es war etwas los in der Pfarrei. Silvia und ihre Freundin Waltraud gehörten als Gruppenführerinnen zum engsten Kreis des Kaplans. Der Kaplan saß abends mit den Führerinnen und Führern zusammen, es wurden Fahrtenlieder und junge christliche Lieder zum Klampfenspiel gesungen, und der Kaplan sprach wunderbare, unvergessliche Worte, an denen man sich laben und erbauen und aufrichten konnte. Es gab Bibelabende und Bibelwanderungen, es gab Wochenendlager und Einkehrtage, Bußandachten, Gebetsstunden und weiß Gott, was alles, und der heilige Sexappeal des Kaplans teilte allen Zusammenkünften einen Zauber mit, dem die weibliche Jugend scharenweise verfiel.

Es genügte dem Kaplan nicht, im kleinen Kreis der katholischen Jugend zu wirken. Die Jugend war nur die Speerspitze der Bewegung. Er wollte die Pfarrei und die ganze Stadt zu einem aktiven und entschiedenen Christentum bekehren. Die Pfarrkinder und Bürger sollten nicht träge und gewohnheitsmäßig ihre eingefleischten Christenpflichten erfüllen - du sollst an Sonn- und Feiertagen die heilige Messe mit Andacht hören und so -, es kam darauf an, das ganze Leben nach christlichen Grundsätzen fundamental zu erneuern. Er wollte die Menschen aufrütteln - die Stimme eines Rufenden in der Wüste: Bereitet den Weg des Herrn!

Ich erinnere mich, wie er an einem Heiligen Abend auf die Kanzel trat und in die im Halbdämmer friedlichen Kerzenscheins ruhende Kirche hinein rief: »In der Hölle ist Hochalarm!« Die Leute schreckten auf. Es lief ihnen kalt über den Rücken. Er hatte ihnen auf einen Schlag die trauliche Weihnachtsstimmung verdorben.

Wenn der Kaplan predigte, erwies er sich nicht nur als Meister des gesprochenen Wortes, sondern auch des gestischen Ausdrucks, der dem Wort sinnliche Kraft verlieh. Die Begeisterung trieb ihn auf der Kanzel um, dass die Messgewänder flatterten, und mehr als einmal wurde den unten Sitzenden angst und bange, weil sie fürchteten, dass der inspirierte Priester wie ein Engel des Herrn auf sie herabstürzen könne. Berühmt wurde eine Christi- Himmelfahrts- Predigt, in der der Geistliche das Christus-Wort von der kleinen Weile im Eifer des Gefechts, wie man so sagt, körperlich vorführte. »Eine kleine Weile«, rief er, »und ihr werdet mich nicht mehr sehen«, und damit verschwand er hinter der Kanzel, »und wieder eine kleine Weile«, rief er, »und ihr werdet mich wieder sehen«, und tauchte vor den staunenden Gläubigen über der Brüstung auf.

Den Kampf um die sittliche Erneuerung der Stadt verlor er dann doch. Hatte man ihm noch die Anzettelung von Demonstrationen der Jugend gegen »Die Sünderin« und »Salome« nachgesehen, zumal diese Aktionen für die Kinobesitzer als Werbung zu Buche schlugen, so hielt man doch den Bogen für überspannt, als der Kaplan begann das »sittenlose Fastnachtstreiben« zu geißeln und dagegen vorzugehen. Als er bei einer Veranstaltung des städtischen Karnevalsvereins seine Getreuen von der Empore des Saalbaus Niespulver über die Tanzeinlagen der Gardemädchen herunterblasen ließ, erwirkte der Präsident des Vereins, der ein gestandener Christ und einflussreicher

Kaufhausbesitzer war, die Versetzung des Eiferers für den Herrn in eine abgelegene Moselgemeinde.

Es war mir nicht unlieb, dass der Kaplan in eine andere Pfarrei versetzt wurde. Das geschah erst einige Zeit, nachdem ich Silvia kennengelernt hatte. Die Gruppen zerfielen langsam, nachdem die charismatische Gestalt des Kaplans verschwunden war. Für Silvia war es ein harter Schlag. Da erst, glaube ich, begann für sie das Leben im Geschäft ihres Vaters, in der Familie unter dem Gesetz ihres Vaters unerträglich zu werden. Zu heiraten wurde für sie immer dringlicher. Die Heirat erschien ihr als Rettung aus einem Lebensumfeld, in dem kleinliche kaufmännische Prinzipien den Tagesablauf bestimmten und jede Selbständigkeit unterbanden.

Das war bei mir ganz anders. Und es war doch wieder ähnlich. Bevor ich Silvia kennenlernte, gab es für mich keinen Grund zu heiraten. Alles war sozusagen in Ordnung, von gelegentlichen Anfechtungen und einsamen Sündenfällen abgesehen. Mein Christentum war nicht sehr emphatisch, sondern sozusagen eine Lebensregel, an die man sich nur zu halten brauchte, um vernünftig, sinnvoll und auch angenehm seine Tage zu verbringen. Mit der Liebe zu Silvia hatte mich die Unruhe des Begehrens erfasst. Das sinnliche Begehren, die Fleischeslust, wie es in den Predigten hieß, war in einem Maße erwacht, dass ich wirklich darunter litt. Meine Liebe war das fortwährende quälende Begehren nach körperlicher Vereinigung. Aus dieser Qual gab es nur eine Rettung: die Ehe.

Es war an einen Sommerabend. Wir hatten uns an einen Wiesenhang unter einen Apfelbaum gesetzt. Ich sammelte Heu, das auf der Wiese zum Trocknen lag, und bereitete einen Sitzplatz aus getrocknetem Gras und getrockneten Blumen.

»Do het er gemachet also riche«, sagte ich, »von bluomen eine bettestat.« »Was bedeutet das?« fragte sie. »Ja, das ist aus einem Gedicht des Walther von der Vogelweide, das Mädchen erinnert sich, wie der Geliebte unter der Linde an der Heide aus Blumen ein Lager gemacht hat.« »Und dann?« fragte sie. »Ja, und dann haben sie sich auf das Lager drauf gelegt.« Sie fragte nicht weiter. »Und niemand weiß«, fuhr ich fort, »was dann geschah, nur ein »kleines Vogelin« war dabei und das verrät nichts.«

Wir schwiegen. Der süße Geruch des Heus stieg auf, die Dämmerung umfing uns, irgendwo sang eine Amsel oder ein anderes Vogelin.

Wir saßen lange so da. Wir saßen so lange da, bis es nicht mehr ging. Ich hielt es nicht mehr aus. Ich konnte mich nicht mehr zurückhalten. Ich begehrte sie mit allen Fasern meines Herzens oder meines Fleisches. Ich strich mit der Hand über ihre ausgestreckten bloßen Beine bis zu den Knien hinauf. Ich drehte mich zu ihr hin und presste meinen Oberkörper an sie, bis sie nachgeben musste und zu Boden sank. Ich drückte sie ins Heu, ich spürte ihre festen Brüste, und dann zog ich Leib und Beine nach und legte mich ganz auf sie drauf. Sie war von der Plötzlichkeit und Heftigkeit des Angriffs so überrascht, daß sie sich nicht wehrte. Wir lagen einen Augenblick ganz still. Dann bewegte ich mich ein wenig, ich spürte die Lust durch meinen Körper ziehen und ausströmen und ich stöhnte laut, da wand sie sich auch schon unter mir heraus. Ich fiel neben sie ins Gras auf den Rücken und sah über mir die goldenen Sternlein prangen, am Himmel hell und klar, dachte ich, aber es war nicht der Abendfrieden da, den das Lied verhieß. Ich fühlte mich befreit und beschämt und erleichtert und schuldig. Die Glücksminute war vorbei. Das Verlangen war gestillt und wich der Traurigkeit. Animal triste. Silvia hatte den Rock über die angewinkelten Beine bis zu den Fußspitzen herabgezogen. Sie senkte den Kopf auf die Knie und weinte leise.

»Es tut mir leid«, sagte ich reuevoll. Wir standen auf und gingen wortlos nebeneinander über die taufeuchte Wiese und dann auf dem Weg der Stadt zu. Ich kam mir wie ein Schwein vor, aber ein glückliches Schwein, dachte ich und verbot es mir sofort. »Verzeih mir!« sagte ich, als wir uns auf dem Bahnhof trennten, »es wird nicht wieder vorkommen.« Sie nickte. Sie strich mir leicht mit der Hand über die Wange und stieg in den Zug.

VIII

Versprechen dieser Art haben ein Verfallsdatum. Sie halten bis zur nächsten Erektion. Der Körper pocht auf sein Recht. Wenn er es bekommen hat, ist er wieder zu Zugeständnissen bereit. Dann lässt er wieder alle Erhabenheiten zu. Er ordnet sich der Seele unter. Und nach einiger Zeit stellt er wieder seine elementaren Forderungen und verlangt, dass sie erfüllt werden. Das sind Naturgesetze. Sie gelten auch auf katholischem Terrain. Der auf Reinheit Bedachte erfährt beschämt ihre Gültigkeit.

Das Fest bei Max, die Einweihung seiner Kellerbar, fand nicht sehr viel später, aber doch so viel später statt, dass der Scham und Reue jenes Sommerabends die körperliche Grundlage entzogen war. Der Körper hatte keinen Grund mehr, reuevoll zu sein, das konnte er nicht mehr nachempfinden, das hatte er praktisch vergessen.

Es war eine unruhige Zeit. Hin und her geworfen zwischen Begierde und Willen zur Enthaltsamkeit, zwischen hehrem christlichem Anspruch und Unterwerfung unter körperliche Zwänge, zwischen Reiz und Reue, kam ich nicht zur Ruhe und schwankte wie ein Schilfrohr im Wind, wie es so heißt.

Ich tanzte mit Silvia. Sie trug eine leicht ausgeschnittene Bluse, ihre Haut schimmerte golden im Kerzenlicht. Wir tanzten ganz langsam, sie hatte den Kopf an meine Wange gelehnt.

»Ich will mit dir schlafen«, flüsterte ich. »Bald«, sagte sie, »bald.« »Heute nacht«, beharrte ich. »Wenn wir verheiratet sind«, säuselte sie. »Das ist noch lang«, sagte ich. »Das ist nicht mehr lang«, sagte sie.

Wir tanzten auf den Flur hinaus, irgendwo stand eine Tür halb offen, ich zog sie in den dunklen Raum, er war wohl für Vorräte bestimmt. Ich knöpfte ihre Bluse auf und bedeckte den Spalt zwischen ihren Brüsten, die sich im Büstenhalter rundeten, mit Küssen. Sie atmete schwer und ließ es geschehen. Ich ergriff ihre Hand und führte sie in mein geöffnetes Hemd. Ihre Finger glitten über meine schwitzende Haut bis zum Bund der Hose. Sie schüttelte den Kopf, als ich ihre Hand tiefer drücken wollte. »Nein«, sagte sie und zog ihre Hand zurück. Es war mir egal. Ich drückte Silvia gegen ein Wandregal und presste mich gegen sie, ich bewegte mich an ihr hin und her, bis das Regal ins Schaukeln kam und eine Steige mit Äpfeln auf uns hernieder prasselte. Gleichzeitig erscholl von der Kellerbar her ein Gebrüll und jemand lief an unserem Raum vorbei durch den Flur und knallte die Haustür hinter sich zu. Silvia stieß mich zurück und knöpfte ihre Bluse zu und verschwand durch die Tür. Ich knöpfte mein Hemd zu und machte Licht. Überall auf dem Boden lagen Äpfel herum. Ich sammelte sie auf und legte sie in die Steige, die ich wieder in´s Regal stellte. Als ich auf den Flur trat, stieß ich fast mit dem Stier von Uri zusammen. Er rannte mit einem Stuhlbein in der Hand durch den Gang und schrie: »Das Arschloch schlag ich ungespitzt in den Boden!« Er riss die Haustür auf und brüllte in die Nacht hinaus: »Lass dich hier nur nicht mehr blicken, du Saftsack!«

In der Kellerbar saßen die Frauen um den Tisch herum und trösteten die heulende Else. Keine Ahnung, was passiert war. Silvia war nicht zu sehen. Unkas schlief an der Bar. Er saß auf einem Hocker und hatte den Kopf auf die Theke gelegt. Hadschi stöberte in den Platten. Mackie Messer war verschwunden. Max und Danny saßen in traulichem Gespräch in der Ecke unter dem Gummibaum. Sie saßen auf dem Boden, zwischen den breit ausgestreckten Beinen eines jeden stand eine Flasche Bier, um dem Gespräch die nötige Flüssigkeit zu verleihen.

»Die Brückenbauer«, sagte Max mit schwerer Zunge, »das sind noch richtige Kerle, das kannst du mir glauben, das sind keine solchen Scherenschleifer. Verdammte Tat, die Welt besteht aus lauter Scherenschleifern. Du bist auch ein Scherenschleifer.«

»Wenn ich ein Scherenschleifer bin«, erklärte Danny mit nicht minder träger Zunge, »bist du auch ein Scherenschleifer.«

»Ich bin ein Brückenbauer«, sagte Max, »und die Brückenbauer sind keine Scherenschleifer. Du wirst keinen Brückenbauer finden, der ein Scherenschleifer ist.«

»Ich bin auch kein Scherenschleifer«, sagte Danny, »im Club sind überhaupt keine Scherenschleifer.« Max dachte konzentriert nach. »Ja«, gab er zu, »im Club sind keine Scherenschleifer. Wir haben noch nie einen Scherenschleifer in den Club aufgenommen. Deshalb gibt es im Club auch keine Scherenschleifer. Du bist auch keiner, prost!« Sie hoben die Flaschen, knallten sie aneinander und setzten sie an den Mund.

»Habt ihr noch ein Bier für mich?« fragte ich. »Ich hab noch ein paar Flaschen versteckt«, sagte Danny, »aber ich komme nicht mehr hoch.« Er erklärte mir umständlich, wo ich suchen müsse. »Bring mir auch eine mit!« sagte er. »Mir auch«, sagte Max. Ich brachte das Bier und setzte mich zu ihnen unter den Gummibaum. »Hast du einen Öffner?« »Gib mal her!« sagte Max. Ich reichte ihm die verschlossene Bierflasche und er setzte sie an den Mund und knacks hatte er den Deckel zwischen den Zähnen und spuckte ihn auf den Boden. »Da!« sagte er und reichte mir die geöffnete Flasche. »Mein lieber Mann!« sagte ich anerkennend.

Der Stier von Uri kam mit verrauchtem Zorn und gesenktem Stuhlbein herein. Er ging zur Bar, griff sich die Ginflasche, die auf der Theke stand, und nahm einen langen Schluck. In der einen Hand hielt er das Stuhlbein, in der anderen die Ginflasche. Er stierte trübe vor sich hin und nahm immer wieder einen Schluck aus der Flasche. Manchmal verwechselte er die Flasche mit dem Stuhlbein. Schließlich legte er das Stuhlbein auf die Theke und versuchte auf einen der Hocker zu klettern. Der Hocker fiel mit lautem Gepolter um. Der Stier hielt sich an der Theke fest. Unkas wurde wach und schaute verständnislos um sich. »Was ist denn los?« Kein Mensch antwortete ihm. Er stieg vom Hocker herab und ging hinaus. Wahrscheinlich würde er sich wieder in die Badewanne legen.

Else kam zu ihrem Mann herüber, der sich zusammen mit seiner Ginflasche auf die Theke stützte. Sie hatte aufgehört zu heulen. »Komm, wir gehen jetzt nach Hause«, sagte sie. »Nach

Hause, ja«, bestätigte der Stier schwermütig und wuchtete die leere Ginflasche krachend auf die Theke.

Von Silvia war nichts zu sehen. Wahrscheinlich war sie schlafen gegangen. Sie wollte ja hier bei ihrer Freundin Waltraud übernachten und die war auch nicht mehr da. Ich erhob mich unter dem Protest von Danny und Max und ging zusammen mit Else und Hans, der sich krampfhaft an uns klammerte, hinaus. Wir schafften zusammen Hans auf den Beifahrersitz und Else fuhr mit ihm davon. Ich ging zu Fuß nach Hause.

Am nächsten Mittwoch traf ich Silvia. Ich wartete nach der Messe auf sie. Mittwochs war Jugendmesse, die Silvia auch nach dem Weggang des Kaplans Maurer und obwohl wir inzwischen auch altersmäßig darüber hinaus waren, immer noch besuchte. Wir erwähnten das Vorgefallene mit keinem Wort. Wir taten, als ob nichts gewesen wäre. Wir sprachen über die Messe, dass immer weniger Jugendliche kämen, und waren uns einig, dass es mit der Katholischen Jugend bergab gehe, seitdem der Kaplan Maurer nicht mehr da war. Ich begleitete sie zum Bahnhof, sie fuhr nach Hause, um ihrer Arbeit im Geschäft des Vaters nachzugehen. Es widerstrebte mir, einen löblichen Vorsatz bekanntzugeben, nachdem ich den ersten nicht gehalten hatte.

»Wann sehen wir uns wieder?« fragte ich. »Sonntag?« schlug sie vor. Sie war also bereit, zu vergeben und zu vergessen. »Sonntag!« stimmte ich freudig zu.

Wir trafen uns wieder regelmäßig. Es nahm alles wieder seinen normalen Lauf. Das Leben ging seinen erfreulichen unaufgeregten Gang. Wir gingen zusammen spazieren, tranken Kaffee bei meinen oder ihren Eltern, besuchten zusammen die Messe oder auch ein Konzert im Saalbau und stellten uns auf die Hochzeit ein, die im Herbst gefeiert werden sollte. Silvia beschäftigte sich mit allen Details der Wohnungseinrichtung, ich dachte hauptsächlich ans Schlafzimmer.

IX

»Aus der Tiefe rufe ich, Herr, zu dir«, sang der Priester, »lass acht haben dein Ohr auf die Stimme meines Flehens.« Die unerschütterliche Frömmigkeit und tiefe Demut vergangener Jahrhunderte klang in den Worten und dem einförmigen Cantus rectus nach.

Der schwere Duft von Weihrauch schwebte in der feuchten Luft. Ich dachte an all die weihrauchverhangenen Messdienertage meiner frühen Jugend. Feierliche Dreiherrenämter an den großen Kirchenfesten und düstere Totenmessen in der Morgenfrühe der Werktage. Aus den weit hin und her geschwungenen Rauchfässern stieg der Weihrauch dicht und bläulich in die Höhe und zog in weiß zerfaserten Wölkchen durch den Kirchenraum. Die Luft wurde im Verlauf der Messen so heilig und kompakt, dass man sie hätte schneiden können, wie man so sagt, und immer wieder mal fiel eine Frau um und musste in die Sakristei getragen werden, wo man sie mit stark riechenden Essenzen und Weihwasserbesprengung aus den himmlischen Wolken ins irdische Leben zurückholte.

Ich stand im langen Messdienergewand an den Stufen des Altars und schwang das im Kerzenlicht golden schimmernde Rauchfass, dem der Duft des geweihten Harzes entstieg, ein junger Erzengel vor Gottes Thron. Noch lange nachher trug ich den liturgischen Geruch an mir und war mit Haut und Haar und Herz nicht von dieser Welt.

»Wolltest du der Sünden gedenken, oh Herr, Herr, wer könnte dann vor dir bestehen?« sang der Priester.

Die Beerdigungsteilnehmer hatten sich um das Grab verteilt. Sie standen auf den schmalen Wegen zwischen den Grabreihen, sie traten zwischen Bäume, Sträucher und Grabsteine und sahen zum Grab hinüber, über das der Priester jetzt das Rauchfass an kurzer Kette einige Male segnend pendeln ließ. Die

Trauernden lasen die Namen der Verstorbenen auf den Kreuzen und Steinen, vor denen sie standen, und erinnerten sich. Sie dachten an Feste, bei denen sie mit den Toten zusammen gewesen waren, sie dachten an Sommertage und Winterabende, an ihre Gestalten und Gesten und an die Worte, die sie gesprochen hatten. Sie lasen die Jahreszahlen und dachten: Ist der schon zehn Jahre tot? Wie die Zeit vergeht!

Der Priester nahm den Sprengel aus dem Behälter mit Weihwasser und besprengte, Segensworte sprechend, das Grab und den Sarg in der Tiefe. Er stieß die Schaufel in den bereitstehenden Sandkasten und zog die mit Sand beladene Schaufel heraus. Er ließ den Sand mit drei, vier kleinen Rucken, die die Form eines Kreuzes nachzeichneten, von der Schaufel ins Grab fallen. Der Sand polterte dumpf auf den Sarg, während der Priester die Worte sprach: »Staub bist du und zum Staube kehrst du zurück. Der Herr aber wird dich auferwecken am jüngsten Tage.«

Der jüngste Tag. »Dies irae dies illa solvet saeclum in favilla.« Es war dieses Lied, das in den Totenmessen früher die Schrecken des letzten Gerichts beschwor. Düster und drohend hallten die lateinischen Worte durch die Kirche, von der rauchigen Stimme des Küsters gesungen, der seinen Gesang mit der Orgel begleitete. Jener Tag war nicht der Tag der Hoffnung, es war der Tag des Zorns und der Abrechnung. Die ewige Verdammnis war gewisser als die ewige Freude. Die ewige Verdammnis erwartete die Sünder und wir sind alle Sünder. Die ewige Seligkeit war eine Gnade, auf die man nur hoffen konnte. Die ewige Seligkeit konnte man sich nicht verdienen. Das Gefühl, gesündigt und die Verdammnis verdient zu haben, wurde von der Hoffnung auf die ewige Seligkeit schüchtern begleitet. Das Sündenbewusstsein stand im Mittelpunkt des katholischen Glaubens. Gewiss, die Barmherzigkeit Gottes war größer als unsere Sünden, aber sie wurde nur dem zuteil, der sich seiner Schuld bewusst war, und sie war eine Gnade. Man hatte keinen Anspruch auf die Barmherzigkeit Gottes. Die Christen waren sich allgemein dessen bewusst, dass sie Sünder seien. Vor den Beichtstühlen bildeten sich Schlangen.

Inzwischen hat sich das ja alles geändert. In Übereinstimmung mit der Liberalisierung der Rechtspflege und in der Folge der sich ausbreitenden Überzeugung, dass man per se im Recht ist, da man ein Mensch ist und über Menschenrechte verfügt, ist das Sündenbewusstsein der Gläubigen schwach geworden, wenn es nicht ganz und gar dahin geschwunden ist. Schuldgefühle beschädigen das Selbstbewusstsein, das man im Lebenskampf braucht. Schuldgefühle können wir uns nicht leisten. Die anderen würden nur davon profitieren. Schuldgefühle sind ungesund. Sie traumatisieren bloß. Und dann sitzt man da wie ein Häufchen Elend. Nein, Schuld sind die andern. Es gibt immer irgendwelche anderen, die schuld sind.

Eine Verurteilung am Tag des Gerichts hätte man also auf keinen Fall verdient. Die große Mehrheit der Christen ist der festen Überzeugung, dass der liebe Gott die ewige Verdammnis mit dem zweiten Vatikanischen Konzil abgeschafft hat. Sichere Renten im Alter und die ewige Glückseligkeit im Jenseits scheinen nicht nur den Gläubigen zu Beginn des neuen Jahrtausends Menschenrechte, die der Staat zu gewährleisten und der liebe Gott zu respektieren hat. Wir leben eben in aufgeklärten Zeiten!

Zum letzten Mal hörte ich den düsteren Gesang in der originalen Kirchensprache bei der Totenmesse für meinen Vater, und ich erinnere mich noch gut an die Erschütterung, die er damals in mir hervorrief. Es war nicht so sehr das Sündenbewusstsein, das er in mir weckte, wie die Gewissheit von der Hinfälligkeit alles Irdischen. So wie ich meinen Vater verloren hatte, so würde ich alles verlieren. Ich hatte nicht nur das Gefühl eines unersetzlichen Verlustes, ich hatte darüber hinaus das Gefühl, dass etwas unweigerlich zu Ende gegangen sei. Dies illa: der Tod meines Vaters, mit dem auch ein Teil meines Lebens endete. Es würde nicht mehr so sein wie vorher. Vielleicht habe ich aber auch erst nachher, als wirklich in meinem Leben etwas zu Ende ging, den Tod meines Vaters als eine Zäsur in meinem Leben, als das Ende einer bestimmten Phase meines Lebens erkannt.

Ich dachte jetzt an den Tod meines Vaters, mit dem nicht nur mein Leben, sondern auch das Leben, das hier zu Grabe getragen wurde, schicksalhaft verbunden war.

X

Ich war damals auf einem Lehrgang in Köln. Man hatte mich zu einem bibliothekswissenschaftlichen Kurs geschickt, der an der Universität Köln stattfand. Ich war noch nicht Leiter der Stadtbibliothek, aber es war klar, dass ich das Amt mit dem Ausscheiden des derzeitigen Leiters übernehmen würde, der in Einübung auf den wohlverdienten Ruhestand mir bereits die meisten, um nicht zu sagen alle, Pflichten eines Leiters vorsorglich übertragen hatte.

Der Kurs war im Hinblick auf meine künftige Tätigkeit in einer kleinen Bibliothek ein paar Nummern zu groß, aber ich verfolgte ihn mit der Aufmerksamkeit des Wissbegierigen, der die einmalige Gelegenheit, seine Kenntnisse auf hohem Niveau zu erweitern, auch wenn die Praxis dies nicht erfordert, voll zu nutzen gedenkt. Ich atmete die akademische Luft, die ich seinerzeit verschmäht hatte, tief ein.

Ich hatte nach dem Abitur kein Universitätsstudium begonnen. Ich brachte es nicht über mich, meine Eltern und meine gewohnte Umgebung zu verlassen. Eine unbestimmte Angst vor dem, was da draußen auf mich zukommen könnte, ließ mich diesen Schritt nicht tun. Ich bin Veränderungen gegenüber skeptisch. Ich argwöhne immer, dass das Neue schlechter ist als das Alte, und dass man das Gewohnte nur aufgibt, um zu erfahren, dass man einen Verlust erlitten hat, der durch das Neue nicht aufgewogen wird. Ich hatte damals zunächst abgewartet. Meine Eltern hätten zwar gern gesehen, dass ich studierte, aber sie drängten mich nicht. Ich erklärte, ich müsse mir noch überlegen, welches Studium für mich in Frage komme.

Da zeigte sich ein interessantes Arbeitsfeld bei der Stadt: der Posten des stellvertretenden Bibliotheksleiters war ausgeschrieben. Ich bewarb mich und wurde eingestellt. Meine Eltern waren ganz zufrieden damit, dass ich in der Heimatstadt einen Berufsweg einschlug, der Sicherheit und Ansehen verhieß. Mein Vater, der es aufgrund mangelnder Ausbildungsmöglichkeiten lediglich zum Hauptsekretär am Grundbuchamt gebracht hatte, genoss angesichts einer auf höhere Stadtämter zulaufenden Karriere seines Sohnes die Befriedigung eines Ehrgeizes, dem in seinem eigenen Leben kein Betätigungsfeld geboten worden war.

»Was willst du mehr?« bestärkte mich meine Mutter. »Da hast du einen guten Posten, du hast dein regelmäßiges Gehalt, und so arg müd musst du dich dabei auch nicht machen. Wenn der Mayfelder in Pension geht, kriegst du die Leitung der Stadtbibliothek und vielleicht hast du eines Tages das ganze Kulturamt unter dir. Da würde sich manch einer die Finger danach lecken.«

Eine solche Tätigkeit kam auch meinen Wünschen und Interessen entgegen. Ich hatte mich schon immer für Bücher interessiert. Ich war schon immer lieber mit dem in Büchern zubereiteten Leben umgegangen als mit dem Leben in seiner realen Rohform. Das ist ein Büchernarr, hatte schon meine Großmutter gesagt. Dabei klang unter der Anerkennung der höheren Neigung der Verdacht mit, dass ich zu einem tätigen bürgerlichen Leben nicht ganz tauglich sein könne. Jetzt würde ich auch beruflich in die Bücherwelt eintreten. Was vorher nur hobbymäßiges Interesse war, für das man sich quasi entschuldigen musste, wäre jetzt ein achtbarer bürgerlicher Beruf, der seinen Mann ernährte. Damit wäre auch meine Großmutter einverstanden gewesen.

An jenem Abend in Köln war ich etwas später in die Pension, in der ich wohnte, zurückgekommen, weil ich mich noch mit dem Kursleiter unterhalten hatte. Die Manuskripteabteilung der Universität interessierte mich, er hatte versprochen, sie mir am Wochenende zu zeigen. Meine Pensionswirtin klopfte an die Tür: »Sie werden am Telefon verlangt.«

Ich dachte, dass Silvia am Apparat sei, aber es war meine Schwester. »Erschrick nicht!« sagte sie mit einer das Schluchzen nur mühsam unterdrückenden Stimme. »Papa ist ins Krankenhaus gebracht worden. Er ist plötzlich zusammengebrochen.«

Ich rechnete gleich mit dem Schlimmsten. Es ist nicht üblich, dass man anruft und direkt sagt, dass jemand aus der Familie gestorben ist. Man sagt: »Ein schwerer Unfall.« »Es geht ihm sehr schlecht.« »Er ist plötzlich zusammengebrochen.« »Er hat einen Schlag gekriegt.« Man lässt dem Benachrichtigten Zeit, sich auf das Schlimmste einzustellen, bevor man es ihm endgültig mitteilt.»Ich komme sofort«, sagte ich. Eine halbe Stunde später rief sie wieder an und sagte, dass unser Vater gestorben sei. Ich fuhr noch am selben Abend nach Hause.

Ich erinnere mich an den Tag des Begräbnisses. Ein dunkler, nasskalter Februartag, ein Schneeschauer ging nieder, als wir am Grab standen, ähnlich wie heute. Warum sterben die Menschen immer im Februar?

Die Trauergäste fanden sich nach der Beerdigung im selben Lokal zum Kaffee ein, in dem dreißig Jahre später die Leute, die Silvia das letzte Geleit gegeben hatten, eintreffen würden, und gerade so wie es heute geschehen würde, ließen sie sich damals, nachdem sie ihre nassen Mäntel und Hüte und Schirme an den Garderobenständern abgelegt hatten, an den langen, weiß gedeckten Tischen nieder. Das Gasthaus hieß »Schlossbräustube«, aber der Volksmund hatte ihm im Hinblick auf seine Nähe zum Friedhof und seine daraus resultierende Beliebtheit bei Trauergesellschaften den Namen »Zur letzten Träne« verliehen.

Meine Mutter, meine Schwester und ich mit Silvia saßen unter den Verwandten und Bekannten, die Trost spendeten und Gutes über meinen Vater sagten. Es war nicht schwer, über meinen Vater Gutes zu sagen.

»Der Peter war ein feiner Kerl«.

»Man konnte zu ihm aufs Grundbuchamt kommen, wann man wollte. Er hat immer Zeit für einen gehabt.«

»Ich glaub, der hat in den vierzig Jahren, in denen er dort war, noch keine acht Tage gefehlt.«

»Er hat immer nur an seine Familie gedacht.«

Die Verwandten und Bekannten wendeten auf den besonderen Trauerfall die von Generation zu Generation tradierten Sprüche an, die den Tod ins allgemein Schicksalhafte hoben und ihm den Stachel des besonderen Unglücks nahmen.

»Seine Zeit war vorbei.«

»Er hat es hinter sich und wir haben es noch vor uns.«

»Ihr kennet weder den Tag noch die Stunde.«

»Da wird keiner gefragt. Wenn es soweit ist, müssen wir alle gehen.«

»Er hat wenigstens kein langes Krankenlager gehabt«, sagte eine Kusine. Meine Mutter ließ diesen Trost nicht gelten. »Was hätte ich ihn so gerne gepflegt!« seufzte sie. »Ein langes Krankenlager soll man niemand wünschen«, tadelte die Kusine und erzählte eine Geschichte von jemand, der jahrelang ans Bett gefesselt war, wie sie sagte, bevor ihn unser Herrgott erlöst hat. »Der war ganz aufgelegen«, sagte sie. »Der ganze Rücken war ein rohes Fleisch, die wussten gar nicht mehr, wie sie ihn legen sollten. Sei froh, dass dem Peter das erspart geblieben ist!«

Ich musste mit Silvia reden. Wie sollte ich ihr das sagen, was ich ihr sagen wollte? Ich fasste mir ein Herz. »Ich muss mit dir reden«, sagte ich, » aber nicht hier.« Wir setzten uns an einen anderen Tisch, wo gerade ein paar Leute gegangen waren.

Ich rührte in meinem Kaffee herum. Es fiel mir schwer anzufangen. »Wir müssen die Hochzeit verschieben«, sagte ich geradewegs. »Wieso?« sagte Silvia. Es war wie ein Ruck durch sie hindurchgegangen, als sei etwas berührt worden, das sofort alle Nerven in Alarm versetzte.

»Ich kann meine Mutter jetzt nicht allein lassen«, sagte ich.

»Was heißt allein lassen?« sagte sie. »Du gehst ja nicht aus der Welt, wenn du heiratest. Du bleibst ja hier in der Stadt.«

»Ich würde aber aus dem Haus gehen«, sagte ich. »Ich würde sie allein im Haus lassen. Ich kann meiner Mutter das jetzt nicht zumuten.«

»Aber mir«, sagte Silvia erregt, »kannst du zumuten, immer so weiter zu machen. Mir kannst du zumuten, immer weiter die Sklavin meines Vaters zu sein.«

»Das ist doch übertrieben«, sagte ich. »Und außerdem wäre es ja eine absehbare Verschiebung. Wir könnten das Trauerjahr abwarten.«

»Das Trauerjahr!« sagte sie sarkastisch. »Damit die Leute nicht reden oder was? Aber das Trauerjahr ist ein Jahr meines Lebens.« Sie sah konzentriert vor sich hin. Sie schob ein paar Krümel zusammen, die auf der Tischdecke lagen. Sie sah mich an und klopfte mit dem Zeigefinger auf den Tisch. »Ich will im Herbst heiraten, so wie wir es vereinbart haben.«

»Aber sieh das doch ein!« sagte ich. »Meine Mutter hat sich immer ganz auf meinen Vater verlassen. Sie kommt allein nicht zurecht jetzt. Sie ist ganz hilflos. Man muss ihr Zeit lassen. Da kann ich jetzt nicht an mich denken.«

»Und an mich kannst du auch nicht denken«, sagte sie bitter. »Was die Leute sagen, ist dir wichtiger. Vielleicht ist auch das alles nur ein Vorwand, um die Sache aufzuschieben oder ganz zu vermeiden. Vielleicht hast du ja einfach Angst zu heiraten.«

»Das ist doch Unsinn«, ich schüttelte unmutig den Kopf. »Ich bitte dich lediglich um Verständnis für die Situation, so wie sie jetzt ist. Das ist doch nicht zuviel verlangt.«

»Mir langt es jedenfalls«, sagte sie heftig. »Immer bestimmen die Väter, was geschieht. Die lebenden und die toten Väter bestimmen, was mit uns und unserem Leben geschieht. Das mach ich nicht mit.«

Sie erhob sich und sah mich entschlossen und bedeutungsvoll an: »Du musst dich entscheiden!« sagte sie, jedes Wort einzeln betonend. Sie wandte sich um und ging zur Garderobe. Sie schlüpfte in ihren Mantel und verließ das Lokal, ohne sich noch einmal umzusehen.

Ich machte keinen Versuch, sie aufzuhalten. Ich war über ihre Reaktion ganz schön aufgebracht. Das war doch total übertrieben! Sie hatte nicht das mindeste Verständnis gezeigt. Sie hatte sich gar nicht darum bemüht! Dabei ging es ja nicht um eine grundsätzlich neue Entscheidung. Es ging nur um eine zeitlich begrenzte Geduld. Das kann man doch verlangen!

XI

»Lasset uns beten!« Der Priester stimmte ein Vaterunser für alle Verstorbenen an, in das alle Lebenden, zumindest alle anwesenden Lebenden, murmelnd einfielen. »Lasset uns jetzt«, sagte der Priester, »für denjenigen aus unserer Mitte beten, der der Verstorbenen als nächster vor das Angesicht Gottes folgen wird.«

Im Laufe der Jahre und Begräbnisse hat für mich die Aufforderung, für den nächsten Toten »aus unserer Mitte« zu beten, zwar an Aggressivität nicht verloren, aber ich sehe sie in anderem Zusammenhang. Während sie mir früher wie die Androhung eines in Bälde zu vollstreckenden Todesurteils erschien, dessen Grausamkeit zum einen in der Unsicherheit, wen es denn nun treffen würde, zum anderen in der Gewissheit lag, dass es an einem der hier Versammelten auf jeden Fall vollstreckt würde, deute ich dieses Gebetsanliegen heute eher als ein »Memento mori«, dessen Appell man sich in Gottes Namen aussetzen mag. Plötzlich bist du nicht mehr unbeteiligter Teilnehmer an einer fremden Beerdigung, es geht dich selber an. Tua res agitur. Man ist in das Jedermann- Spiel involviert. Im verabredeten Amüsierbetrieb, in dem das Bekenntnis zum augenblicklichen Vergnügen die Stelle des Glaubens an das ewige Leben eingenommen hat, klingt das Wort vom Angesicht Gottes fast revolutionär. Plötzlich wird der Anspruch auf hiesige Lustbarkeit fragwürdig. Der mittelalterliche Schatten des Dies illa fällt auf das sonnige Hic-et-Nunc und verschreckt die feiernde Fun- Gemeinde.

Der Priester hatte seines Amtes gewaltet und ging mit den Messdienern davon. Die Begräbnisteilnehmer rückten zusammen und bildeten eine Reihe, die am offenen Grab vorbeiziehen würde, um Abschied zu nehmen. Ich dachte, dass ich zum letzten Mal vor Silvia stehen würde. Ich dachte daran, wie ich

Silvia zum letzten Mal begegnet bin, ohne zu wissen, dass es das letzte Mal war. Man weiß ja fast nie, dass etwas das letzte Mal ist. Wenn man es wüsste, wäre das Leben noch schwieriger. Das Wissen um das letzte Mal würde viele letzte Male misslingen lassen. Oder würde man dann manches besser machen?

Es mag jetzt drei, vier Jahre her sein. Es war bei einem Pfarrfest. Ich gehe ja fast gar nicht mehr weg. Die Zeiten sind vorbei. Oder sie waren nie richtig da. Gut, als es den Club noch gab, da gab es die Clubfeste und ich bin auch mit Max und Puschkin und den anderen in die Wirtschaften gegangen und auf Kirmesse und Fischerfeste und zu Treibjagden. Aber wie lange ist das schon her. Das ist fast gar nicht mehr wahr. Jetzt gehe ich nur noch zu Kulturterminen, denen ich entweder beruflich beiwohnen muss oder die mich persönlich interessieren.

Zu dem Pfarrfest bin ich auch nur gegangen, weil ich eine gute Beziehung zum Pastor habe. Wir verstehen uns, wir haben die gleiche Wellenlänge, wie man so sagt. Irgendwann haben wir festgestellt, dass wir beide Bücher und Wein schätzen. Das verbindet. Ich kümmere mich um die Borromäusbücherei der Pfarrgemeinde, ehrenamtlich versteht sich, und er lädt mich ab und an zu sich ins Pfarrhaus ein. Da sitzen wir dann in seinem geräumigen Arbeitszimmer, wo an den Wänden die dunklen, großformatigen Bände mit den Schriften der Kirchenväter stehen, und trinken eine trockene »Trittenheimer Apotheke« oder einen »Wintricher Großen Herrgott« aus den Weingütern des bischöflichen Priesterseminars und reden über Wein und Bücher und über Gott und die Welt. Ich unterhalte mich gern mit dem Pastor. Er hat eine abgeklärte Sicht der Dinge, ähnlich wie ich, wenn ich denn eine abgeklärte Sicht der Dinge habe, was nicht so sicher ist. Vielleicht ist es eher ein persönlicher Mangel, der mich befähigt, die Dinge leidenschaftslos zu betrachten. Bei Pastören mag es ähnlich sein, nur dass bei ihnen der geistliche Stand Mängel mit sich bringt, die eine gelassene Betrachtung des Lebens begünstigen.

Des öfteren kommen wir auf den Zölibat zu sprechen. Die öffentliche Diskussion darüber flammt ja immer wieder mal auf, und es ist auch ein Thema, das mich interessiert.

»Ach, wissen Sie«, sagt der Pastor, »das mag die jüngeren Amtsbrüder beschäftigen, aber es ist eine Geschichte, die sich nach einiger Zeit von selbst erledigt. Die Natur löst mit Gottes Hilfe das Problem.«

»Waren Sie früher auch Anfechtungen ausgesetzt?« frage ich direkt.

»Homo sum et nihil humani a me alienum puto«, zitiert er. »Der Mensch ist Anfechtungen ausgesetzt und ich bin ein Mensch. Aber«, sagt er lächelnd, »ich bin gestärkt daraus hervorgegangen.«

»Wieso gestärkt?«

»Was einen nicht umbringt, macht einen stärker, heißt es. Nein, so schlimm war´s nicht, es ist mir einfach nicht so schwer gefallen. Und dann bin ich für meine Standhaftigkeit auch schon hier auf Erden einigermaßen belohnt worden.«

Ich schaue ihn fragend an. »In dem kleinen Ort«, erzählt er schmunzelnd, »wo ich in jenen Jahren Pfarrer war, war ich der Herr. ›De Här‹, sagten die Leute. Mein untadeliger Lebenswandel machte mich in den Augen der Dorfbewohner fast zum Heiligen. Mein Wort war Evangelium. Sie brachten mir die Kinder zum Segen Spenden, die Jungfrauen zum Rat Spenden, die Alten zum Trost Spenden und«, er lacht, »die Schinken zum Dank Spenden. Wenn Sie dazu noch den Frohsinnspender Wein nehmen und den Gedankenspender Buch, dann ist das doch eine runde Sache, nicht wahr. Das Leben gleicht aus«, fährt er fort, »und bietet auch dem Zölibatär reichlich Genüsse.«

»Zumal, wenn er älter wird«, stimme ich zu.

»Wenn man jünger ist«, sagt er, »hat man, wenn man die Gesetze beachtet, unter denen man angetreten ist, und wenn man sich an die Gelöbnisse hält, die man abgelegt hat, etwas anderes: Man hat das gute Gefühl, dass man das Richtige tut. Man lebt in Übereinstimmung mit dem, was man für richtig hält. Man lebt in Harmonie mit sich. Man hat fast die Sicherheit, dass man das tut, was Gott von einem will. Also lebt man auch in Übereinstimmung mit Gott. Das ist ein ganz schönes Glück und ein gutes Gefühl«, sagt er.

Es ist einen Moment lang still. Ich denke über das nach, was er gesagt hat. Wie es seine Art ist, lenkt der Pastor das Gespräch wieder aus dem tieferen Fahrwasser heraus. »Ein katholischer Geistlicher«, erzählt er, »wird in die Diaspora versetzt, also dorthin, wo fast alle Leute protestantisch sind. Er ist zu einem Dorffest eingeladen und der Bürgermeister begrüßt ihn und fragt: Wo haben Sie denn Ihre Frau gelassen, Herr Pastor? Aber, sagt der Geistliche verlegen, wir haben doch den Zölibat. Aber das macht doch nichts, lacht der Bürgermeister und klopft ihm jovial auf die Schulter, den kleinen Zölibat hätten Sie ruhig auch mitbringen können.«

Das waren Gründe genug, zum Pfarrfest zu gehen, und meinen kleinen Zölibat hatte ich auch mitgebracht. Der Pastor stand an der Tür des Pfarrheims und begrüßte die Eintretenden. »Schön, dass Sie gekommen sind«, sagte er zu mir. »Wenn ich Ihnen gleich einen guten Rat geben darf: Nehmen Sie den Côtes de Provence, Sie trinken doch gern einen Rosé! Den deutschen Qualitätswein, den sie hier anbieten, kann man vergessen. Das reinste Zuckerwasser. Die Frau Engel von der Frauengemeinschaft ist eine liebe Frau, aber von Wein versteht sie nix.« »Es hat jeder so seine Qualitäten«, sagte ich. »Außer diesem Qualitätswein«, antwortete er lachend.

»Sieht man dich auch mal wieder«, sagte eine Frau und lächelte mir zu, als ich zur Kuchentheke trat, um ein Stück Schwarzwälder Kirsch zu erstehen und für die armen Heidenkinder zu verzehren. Verzeihung, so hat man früher gesagt, heute heißt es: »Der Erlös ist für die Betreuung der Straßenkinder von Sierra Morena bestimmt.«

Ich sah die Frau an, die hinter der Kuchentheke stand, und sagte überrascht: »Silvia!«. Es war tatsächlich Silvia. Ich hätte sie fast nicht erkannt. Ich hatte sie lange nicht gesehen. Sie war merklich gealtert. Das früher üppige braunrote Haar war ergraut und in die katholische Dauerwellenform übergegangen, die zur Standardausstattung alternder Christinnen gehört, die aktiv im Leben der Pfarrei stehen. Die schlanke Figur von einst war einer fülligen Gestalt gewichen. Das Gesicht war von der Zeit, vielleicht auch vom Leben, auf die übliche Weise gefurcht und andächtig gefaltet worden.

Ich setzte mich mit meinem Kuchen an einen Tisch und Silvia brachte mir Kaffee und setzte sich zu mir. »Wie geht´s dir denn? Was machst du denn so?« fragte sie. »Von mir gibt´s nicht viel zu erzählen«, sagte ich, »ich bin immer noch in der Stadtbibliothek und mache so meine Sachen, nichts Aufregendes.« »Wie lange ist deine Mutter jetzt tot?« fragte sie. »Sieben Jahre.« »Sieben Jahre? Doch schon so lange. Machst du dir alles allein?« »Einmal in der Woche kommt eine Frau und macht sauber«, antwortete ich. »Und wie geht´s bei dir«, fragte ich. »Was machen die Kinder?« »Der Thomas ist am Rhein verheiratet. Der kommt selten her.« »Und deine Tochter? Wie heißt sie noch?« »Inge. Die wohnt noch bei mir, aber sie zieht demnächst aus. Sie zieht zu ihrem Freund. So ist das ja heute bei den jungen Leuten«, fügte sie entschuldigend hinzu. »Ja, das ist heute wohl so«, stimmte ich bei. »An den Kindern hat man ja nicht viel«, sagte sie mit einem schwachen Lächeln. »Es ist alles nicht mehr wie früher«, sagte ich. »Nein, es ist nicht mehr wie früher«, sagte sie. Sie stand auf. »Ich muss weitermachen«, sagte sie. »Ich werde an der Kuchentheke gebraucht. Komm mich doch mal besuchen! Dann trinken wir zusammen Kaffee und erzählen von den alten Zeiten.«

Von den alten Zeiten gibt es nichts zu erzählen, dachte ich. Die alten Zeiten sind vorbei. Vorbei und vergessen. Ich wollte nicht an die alten Zeiten erinnert werden. Die alten Zeiten sind eine Wunde, die nie so ganz heilt. Man spürt sie lange nicht, aber dann stößt man dran, und sie bricht auf und schmerzt. Eine schwärende Wunde. Vielleicht ist es, weil ich älter werde. Mit dem Alter werden all die frühen Brüche und Verletzungen spürbarer. Und man fragt sich, wie es dazu gekommen ist und was man falsch gemacht hat und was falsch gelaufen ist. Aber es hat nicht viel Zweck, danach zu fragen. Man kann daran nichts mehr ändern. Man kann nichts daraus lernen. Man quält sich nur. Das sage ich mir und halte mich daran. Meistens jedenfalls. Nein, man soll sich darauf beschränken, das, was man jetzt tut, einigermaßen richtig zu tun, und soll sich nicht mit der Vergangenheit herumquälen. Man hält sich an die Regeln, die man sich gegeben hat und die sich in einem langen Leben bewährt haben, an die Regeln, die die Ordnung garantieren, nach der man leben kann. Wie soll man sonst leben?

Aber ich hatte Silvia einmal besucht. Das war schon sehr lange her. Ich weiß bis heute nicht, wie ich diesen Abend einschätzen soll. Es war ein sehr merkwürdiger Abend gewesen. Ich konnte ihn nicht einordnen. Ich hab ihn dann lieber vergessen. Ich besitze ein bisschen die Fähigkeit, das Störende und Beunruhigende zu vergessen.

Nein, ich konnte Silvia nicht mehr besuchen, das war klar. Aber ich wusste nicht, dass ich sie an diesem Nachmittag zum letzten Mal sah.

Ich ging an die Weintheke und trank mit dem Pastor ein Glas Rosé. Wir sprachen über die Herstellung von Rosé- Weinen und diskutierten ein bisschen darüber, ob der elsässische Pinot noir jetzt ein Rosé oder ein Rotwein ist.

»Haben Sie schon meine Liebfrauenmilch probiert?« fragte die Frau Engel und hielt lieblich lächelnd eine Flasche hoch. »Liebe Frau Engel«, beschied sie der Pastor, »der Wein ist zu lieblich für uns.« »Oh, der ist doch so fein«, rief die Frau Engel. »Deswegen lassen wir ihn für die Damen«, wehrte der Pastor geschickt ab.

XII

Damals nach diesem Pfarrfest kam alles noch einmal hoch. Rasselnd stieg der Eimer an der langen Kette der Erinnerung aus dem tiefen Brunnen der Vergangenheit. Möglicherweise haben die Frauen ein anderes Verhältnis zu Brunnen und Vergangenheiten. Sie schöpfen aus der Tiefe des Brunnens und erschrecken nicht. Sie trinken das weiche, kühle Wasser des Geschehenen und lächeln. Es labt sie.

Ich konnte der Vergangenheit nichts Labendes abgewinnen. Ich hatte an all das lange nicht mehr gedacht. Nach diesem Pfarrfest dachte ich wieder daran.

Mein Vater war tot und meine Mutter sagte zu mir: »Du wirst mich doch jetzt nicht allein lassen!«

Ich wartete nach der Jugendmesse auf Silvia. Seit dem Begräbnis meines Vaters waren etwa vierzehn Tage vergangen. Vielleicht hatte sie es sich überlegt. Bestimmt hatte sie es sich überlegt. Sie konnte es doch nicht so gemeint haben. Wir würden eine Lösung finden. Es müsste doch möglich sein, eine Lösung zu finden. Es gibt immer eine Lösung.

Wir gingen nach der Messe nebeneinander her, ich begleitete sie zum Bahnhof. Ich wusste nicht, wie ich anfangen sollte, und sie schwieg auch. »Wir müssen miteinander reden«, sagte ich. »Rede nur!« sagte sie.

Es fiel mir schwer, wieder damit anzufangen. »Meine Mutter wird mit dem Tod meines Vaters nicht fertig«, sagte ich. »Ja, so schnell geht das nicht«, sagte Silvia sachlich. »Wir reden viel miteinander«, sagte ich, »aber es ist alles sehr schwer für sie. Sie kann sich das Leben ohne meinen Vater eigentlich noch gar nicht vorstellen. Mein Vater hat alles geregelt. Sie hat sich sicher und behütet gefühlt.« »Ja«, sagte Silvia, »das ist nicht einfach. Aber du stehst ihr ja mit Rat und Tat zur Seite.« »Das genügt nicht«, sagte ich. »Ich kann sie in dieser Situation nicht allein lassen«. »Du lässt sie ja nicht allein«, sagte Silvia mit dem genervten Tonfall dessen, der etwas schon hundertmal erklärt hat, »davon kann doch gar keine Rede sein. Du bist ja da.« »Ich kann jetzt nicht aus dem Haus gehen«, ich verlieh meiner Stimme Eindringlichkeit, sie musste doch verstehen, worauf es ankam. »Bis zum Herbst ist es noch über ein halbes Jahr«, sagte sie, »da hat deine Mutter Zeit, sich an ihre Situation zu gewöhnen.« Ich schüttelte den Kopf. »Warten wir doch wenigstens das Trauerjahr ab!« bat ich. »Wozu?« fragte sie. »Was würde das ändern? Ich habe keine Lust mehr zu warten. Ich kann nicht mehr warten. Ich muss mein Leben ändern. Ich kann so nicht mehr leben.« Sie war stehen geblieben und sah mich an. »Das Trauerjahr abwarten, bloß damit die Leute nicht reden?« fragte sie verächtlich. Das hatte sie bei der Beerdigung schon gesagt. Es hatte mich getroffen. Es war nicht wahr und sie hätte es wissen müssen. Es ärgert mich immer, wenn jemand gerade das schlechteste Motiv für die Handlungsweise eines anderen annimmt. Damit kann man jeden fertig machen. Aber dass Silvia das von mir dachte …! »Du weißt genau«, sagte ich zornig, »dass es das nicht ist. Aber ich kann meiner Mutter das jetzt nicht antun, dass ich sie allein lasse.« Wir gingen weiter. »Meinst du in einem Jahr wäre es anders?« fragte sie. »In einem Jahr wird es eher noch schwerer sein. Dann ist deine Mutter noch mehr an das Zusammenleben mit dir gewöhnt. Dann hält sie das für ganz normal. Dann bist du noch unentbehrlicher für sie geworden.« Wir waren vorm Bahnhof angekommen. Wir standen wieder einander gegenüber. »Du kannst nicht immer allen Schwierigkeiten aus dem Weg gehen«, sagte sie eindringlich. »Du musst dich entscheiden! Jetzt!« Sie wandte sich ab und ging in die Bahnhofshalle hinein. Sie drehte sich nicht mehr um.

Wir trafen uns nicht mehr. Es war eine schwere Zeit für mich. Ich sagte mir, dass jetzt die Weichen für mein Leben gestellt würden. Aber wie sollten sie gestellt werden? Wer stellte sie überhaupt? Hatte ich das Recht, sie nach Lieben oder Belieben zu stellen? Und liebte ich Silvia überhaupt? Das fragte ich mich auf einmal auch. Ich quälte mich mit der Frage, ob ich

Silvia wirklich liebte und ob ich, wenn ich sie wirklich liebte, das Recht hätte, die Liebe zu Silvia der Liebe zu meiner Mutter voranzustellen. Heute weiß ich nicht mehr, ob ich sie wirklich liebte, vielleicht habe ich es damals auch nicht gewusst. Habe ich sie geliebt und mein Leben ist gegen diese Liebe verlaufen? Oder ist mein Leben so verlaufen, wie es verlaufen ist, weil ich sie nicht wirklich geliebt habe? Im ersten Fall wäre es falsch gelaufen und im zweiten Fall wäre es gerechtfertigt. Wie dem auch sei, es ist alles so, wie es ist. Mein Leben ist so verlaufen, wie es verlaufen musste.

Heute bin ich von dem, was man gemeinhin Liebe nennt, so weit entfernt, dass ich die Liebe nicht mehr für einen Teil der Realität halte, meiner Realität. Sie ist im Bereich der Imagination angesiedelt. Liebesgeschichten sind zur Unterhaltung ersonnene Geschichten und ereignen sich nicht im wirklichen Leben. Nicht in meinem. Ich hätte damals gern neben dieser Frau mit den langen rotbraunen Haaren im Bett gelegen. War das Liebe? Hätte ich deswegen heiraten sollen? Hätte ich deswegen meine Mutter verlassen sollen? Aber das konnte ich zu diesem Zeitpunkt nicht. Es ging nicht, es war ein Ding der Unmöglichkeit, meine Mutter brauchte mich, ich brachte es nicht übers Herz, sie zu verlassen.

XIII

Ich wusste nicht, was ich tun sollte. Es war eine Qual. Meine Gedanken bewegten sich im Kreis. An manchen Tagen gab ich Silvia Recht. Was sprach eigentlich gegen eine Heirat im Herbst? Warum sollten wir nicht, wie vorgesehen, im Herbst heiraten? Wenn man es ganz rational anging, dann konnte man doch das eine mit dem anderen vereinbaren. Aber konnte man es rational angehen? Ich sah meine Mutter an und sprach mit ihr und wusste, dass das für sie wie ein zweiter schwerer, wer weiß tödlicher Schlag nach dem Tod meines Vaters sein würde.

Ich musste mit jemand darüber reden. Der Club zerfiel damals so langsam, wir trafen uns nur noch selten. Max und Puschkin waren meist auf Montage im Ausland, Danny war vollauf damit beschäftigt, das Erbe seiner Väter in berauschende Getränke umzusetzen, der Stier von Uri hatte jegliche Wildheit abgelegt und widmete sich liebevoll der Aufzucht seiner Kinder, Unkas hatte in der Partei Karriere gemacht und aus dem letzten Mohikaner war der erste Beigeordnete der Stadt geworden, zu den andern hatte ich sowieso wenig Kontakt gehabt.

Einmal noch hatte Max, der Mann aus Laramie, alle zusammengetrommelt. Aber es war nicht mehr wie früher. Der Stier erzählte von seinen Kindern, Unkas erklärte uns die zukünftige Entwicklung des Industrie- und Gewerbegeländes der Stadt auf einer Karte, die er dabei hatte, Mackie Messer warb für sein Geschäft mit Jagd- und Fischereibedarf und dann betranken wir uns alle. Ein schwermütiges Besäufnis, dem holden Vogel Jugend zugedacht und dargebracht, der längst entflogen war.

Spät in der Nacht stand ich mit Max allein an der Theke der Hubertusschenke. »Soll ich Silvia heiraten?« fragte ich mein Bierglas und Max. Mein Bierglas verweigerte die Auskunft. »Silvia, Silke, Sarah, Susi«, antwortete Max, »es ist egal, wen man heiratet, sie sehen nur anders aus.« »Dann braucht man ja gar nicht zu heiraten«, sagte ich.

»Das geht auch«, sagte Max mit schwerer Zunge, »aber es ist nicht ganz so gut, wie wenn man heiratet. Du brauchst eine Frau fürs Leben, die brauchst du. Du brauchst eine Frau, die da ist, wenn du heimkommst, und die da ist, wenn du sie brauchst, verstehst du?«

»Ja«, nickte ich, »den ruhenden Pol in der Erscheinungen Flucht.« »Ruhende Polin?« Max sah mich verwundert an, »wie meinst du denn das?« »Vergiss es!« sagte ich. Er nahm seinen Faden wieder auf. »Wenn ich heimkomme, ist die Waltraud da. Ich komme nach acht Tagen, manchmal nach drei, vier Wochen von der Montage nach Hause und die Waltraud ist da. Die Waltraud«, sagte er, »die ist immer da, wenn ich heimkomme. Die ist immer da, wenn ich sie brauche. Da kann ich mich drauf verlassen. Die hält mir die Stange auf Deuwel komm raus.« Ich musste lachen. »Da brauchst du nicht zu lachen«, fuhr er mich an, »das ist so.« »Ich lache nur wegen der Stange«, sagte ich. Max grinste. »Blödmann!« sagte er und trank sein Bier auf einen Zug aus. Er nickte sich selbst bestätigend zu: »Die Waltraud ist eine Klasse Frau!«

Max hatte keine Schwierigkeiten mit der Frau fürs Leben und den Weibern für zwischendurch. Null Problemo! Das sind verschiedene Welten. Wenn er auf Montage war, stand das Leben unter anderen Gesetzen als zuhause. So ist das eben. »Die Brückenbauer«, sagte Max und lachte ein bisschen dreckig, wie man so sagt, »das kannst du mir glauben, auf jeder neuen Baustelle haben die gleich raus, wo es gutes Bier und scharfe Weiber gibt.«

»Und zuhause sind sie gute Familienväter!« spottete ich. »Warum nicht?« brummte Max. Er ärgerte sich immer, wenn man etwas gegen die Brückenbauer sagte. Er meinte dann, man wolle sich als »Studierter« aufspielen. »Du in deiner Bibliothek, du hast ja keine Ahnung vom wirklichen Leben. Verdammte Tat, das sind Männer, die arbeiten schwer und verdienen viel Geld. Das ist alles für die Frau und die Kinder. Denen geht nichts ab. Ein bisschen Spaß müssen die Männer ja auch haben.«

Aber ich war kein Brückenbauer und konnte meine Probleme nicht nach Art der Brückenbauer lösen. Außerdem ging es ja nicht einfach darum zu heiraten oder nicht zu heiraten, es ging um Liebe und die Entscheidung für Silvia oder meine Mutter und darum, wie mein Leben überhaupt weitergehen sollte. Das war alles kompliziert und die Brückenbauer konnten mir da nicht helfen. Die bauten mir keine Brücke und über ihre Brücken konnte ich nicht gehen. Ich musste mir meine eigene Brücke bauen.

»Silvia will im Herbst heiraten«, sagte ich. »Dann heiratet doch im Herbst!« riet Max. »Da wird´s allmählich kalt und dann ist es gut, wenn man eine Frau im Bett hat, die einen wärmt.« »Ich kann aber im Herbst nicht heiraten. Ich kann meine Mutter so kurz nach dem Tod meines Vaters nicht allein da stehen lassen«, sagte ich. »Dann wartet bis nächstes Jahr«, sagte Max. »Silvia will aber nicht warten«, sagte ich. »Ach, sicher wartet die«, beruhigte mich Max. Ich schüttelte den Kopf. »Ich glaub´s nicht.« »Dann lass sie!« sagte Max. »Dann wird´s sowieso nichts.« Wir tranken beide melancholisch vor uns hin.« »Zum Kuckuck«, sagte ich, »soll doch alles gehen, wie es will.« »Verdammte Tat«, sagte Max, »das geht´s sowieso.«

XIV

Das Kloster liegt auf einem der Berge, eigentlich sind es eher Hügel, die die Stadt wie ein grüner Kranz umgeben. Steyler Patres haben es zu Beginn des vergangenen Jahrhunderts gegründet. Von hier aus gehen Missionare in alle Welt. Aber auch das umliegende Land profitiert vom geistlichen Wirken der Patres. Zu dem Kloster gehört auch eine Internatsschule, in der der Nachwuchs herangebildet wird. Inzwischen steht die Schule allerdings allen offen, die eine gymnasiale Ausbildung mit einer klaren religiösen Werteorientierung verbunden sehen wollen.

An einem Samstagnachmittag stieg ich auf diesen »Heiligen Berg«, wie ihn die Leute nennen. Seit alters findet man ja auf den Bergen Erleuchtung. Abraham, Moses und Hans Castorp sind auf Berge gestiegen und haben dort oben die Erleuchtung gefunden, die sie für ihren weiteren Lebensweg brauchten. Und jetzt stieg also Gerhard Krämer auf den Berg, um dort oben Licht und Klarheit und Hilfe für seine Entscheidungen zu finden.

Ich wanderte den gewundenen, von Birken gesäumten Weg hinan, an dessen Ende das so genannte Missionshaus thronte. Es schaute wie »ein Haus voll Glorie weit über alle Land«, wie es in dem Kirchenlied heißt. Das letzte Stück des Weges führte gerade auf das aus rotem Backstein errichtete neuromanische Gotteshaus zu. Ich trat in den stillen, halbdunklen Kirchenraum, in dem nur wenige Gläubige knieten. Der in zahllosen Messen verströmte Weihrauch hing unter den Gewölben und verband sich mit der Aura der Patres und ihrer Zöglinge zu einem eigenartigen Geruch, vielleicht jenem Geruch der Heiligkeit, von dem die Legenden berichten. Ich kniete mich in eine Bank und bereitete mich auf die Beichte vor. Nachdem ich mein Gewissen erforscht und die vorgeschriebenen Gebete verrichtet hatte, trat ich in den Beichtstuhl und sank auf das gepolsterte Kniebänkchen nieder. Auf der anderen Seite des

Gitters schimmerte im dämmrigen Licht das weiße Haar des Beichtvaters. Er hatte das Kinn in die Hand gestützt und hörte mir mit abgewandtem Gesicht zu. Ich beichtete meine diesmal nur lässlichen Sünden und erhielt die Absolution.

»Ego te absolvo a peccatis tuis in nomine patris et filii et spiritus sancti.« »Amen«, sagte ich. Als der Pater merkte, dass ich noch nicht aufstand, fragte er: »Haben Sie noch etwas auf dem Herzen, mein Sohn?« »Ich brauche Ihren Rat, Hochwürden«, sagte ich. »Sprechen Sie, mein Sohn!«. Ich begann zögernd zu sprechen, es war ja nicht einfach zu erklären. Er hörte aufmerksam zu. Es war ganz still, nachdem ich geendet hatte, auch aus der Kirche drang kein Laut in die Abgeschiedenheit des Beichtstuhls. Der Priester war in sich versunken oder besprach sich mit Gott, was vielleicht dasselbe war.

»Ich glaube«, sagte der Pater nach einer Weile, »dass Ihre Mutter Sie jetzt sehr nötig hat. Der Tod ihres Mannes, also Ihres Vaters, ist ein Einschnitt in das Leben Ihrer Mutter, mit dem sie gewiss nicht so leicht fertig wird. Sie braucht Sie. Und Sie als Sohn haben die Pflicht, Ihrer Mutter in dieser schweren Zeit zur Seite zu stehen. Du sollst Vater und Mutter ehren, auf dass es dir wohl ergehe und du lange lebest auf Erden. Das bedeutet nicht, dass Sie auf die Ehe verzichten müssen. Aber Sie sollten Ihrer Verlobten sagen, dass sie sich in christlicher Geduld fassen möge. Wenn Ihre Verlobte Sie wirklich liebt, wird sie es verstehen und warten. Wartezeit ist Reifezeit«, fügte er nach einer kleinen Pause hinzu, »und nun gehen Sie hin in Frieden!«

Ich muss gestehen, dass ich gehofft hatte, dass er so sprechen werde. Seine Worte waren daher für mich wie ein unfehlbarer Orakelspruch, dem ich bloß zu folgen brauchte. Ich fühlte mich erleichtert. Ich ging wirklich hin in Frieden. Es konnte noch alles gut werden. Es schien mir plötzlich durchaus möglich, dass Silvia es auch so sehen würde. Sie hatte ja inzwischen auch Zeit gehabt nachzudenken. Ja, bestimmt würde sie es einsehen. Wenn wir alles noch einmal in Ruhe besprechen würden, würde sie erkennen, dass es so das Beste sei. Ich würde ihr erzählen, was der Pater gesagt hatte, und sie würde sich dem Urteil der kirchlichen Autorität unterwerfen.

XV

Der nächste Tag war ein Sonntag und ich fuhr zu Silvia. Ihr Vater öffnete mir die Tür. »Ah, du bist es«, rief er und streckte mir die Hand entgegen. »Dich hat man ja ewig nicht mehr gesehen. Ich hab Silvia schon gefragt, was denn los ist. Aber die redet ja nie richtig mit einem. Komm rein!« Ich murmelte etwas von viel Arbeit, aber Silvias Vater wollte auch gar nichts Genaueres wissen. »Sie muss gleich kommen«, sagte er. »Sie ist mit ihrer Mutter auf den Friedhof gegangen. Die Tante Clara ist ja gestorben.«

Das wusste ich. Die Tante Clara, die Schwester der Mutter, die den Haushalt führte, war vor einiger Zeit gestorben. Das hatte die Beanspruchung Silvias in der Familie noch erhöht. Der Vater führte mich ins Wohnzimmer und ich setzte mich in den Sessel ihm gegenüber. Er war dabei die Zeitung zu lesen, ein Glas mit Cognac stand da, er bot mir auch einen an, aber ich lehnte ab.

«Ja, die Hochzeit rückt ja so allmählich näher«, begann er jovial, »aber mach dir keine Sorgen, ich kümmere mich um alles.« Er hatte einen fixundfertigen Plan, den er mir detailliert und zum wiederholten Male darlegte. »Es soll eine Traumhochzeit werden«, sagte er, »Silvia ist ja meine einzige Tochter. Da wird an nix gespart.« Es gefiel ihm, großartig und souverän alles zu bestimmen. Dann fing er an von seiner eigenen Hochzeit zu erzählen und wie bescheiden damals nach dem ersten Weltkrieg doch alles war und dass die jungen Leute heute ja gar nicht wissen, wie gut sie es haben.

Das schwarze Kleid floss lang an der schlanken Gestalt hinab, das rötlich braune, das blasse Oval des Gesichtes umrahmende Haar legte sich in leichter Welle auf die Schultern. Silvia schritt langsam über den blaugrundigen Perserteppich auf mich zu, ein kühles Lächeln auf den Lippen. Ich war aufgestanden und begrüßte sie mit einem Kuss auf beide Wangen, die sie mir bot. Zeremonieller konnte es nicht zugehen. Du hättest nicht kommen sollen, sagte ich mutlos zu mir. »Schön, dich zu sehen«, sagte sie. »Ja, ich freue mich auch«, sagte ich deprimiert.

»Ich muss mit Gerhard noch etwas besprechen«, erklärte Silvia, nachdem wir eine schickliche Zeit mit den Eltern geplaudert hatten. Wir gingen auf ihr Zimmer, ich kannte es von früher. Außer dem Austausch von ein paar scheuen Küssen hatten hier keine Zärtlichkeiten stattgefunden. Die über dem Bett angebrachte Nahaufnahme der Uta von Naumburg schuf eine Atmosphäre gotischer Kühle, die durch verschiedene Wandsprüche, welche, wenn schon nicht die Handschrift, so doch den Geist des Kaplans Maurer verrieten, noch erheblich verstärkt wurde. Ich ließ mich auf dem einzigen Sessel vis à vis von Uta nieder, während Silvia auf ihrem Bett zu Utas Rechten über angezogenen Beinen ihr schwarzes Kleid so drapierte, dass nur die schwarzbestrumpften Fußspitzen herausschauten.

»Hast du es dir überlegt?« fragte sie. Sie sagte es so, dass die atmosphärische Zimmertemperatur um einige weitere Grad absank. Die Zuversicht, mit der ich hergekommen war, hatte sich ziemlich aufgelöst. »Ich meine«, begann ich unsicher, »es müsste doch möglich sein, bei gutem Willen«, ich wollte nicht geradewegs »Liebe« sagen und das zeigt, wie weit wir uns schon davon entfernt hatten, »eine Lösung zu finden, die der Situation angemessen ist.« Ich sah sie an, aber sie hatte den Kopf auf die Knie gesenkt und betrachtete ihre Fußspitzen. Ich nahm den kümmerlichen Rest meiner Zuversicht zusammen und behauptete: »Omnia vincit amor.« Silvia ging darauf nicht ein, was sicher nicht nur damit zusammenhing, dass sie Latein, worin sie nur unzureichend ausgebildet war, seit dem zweiten Vatikanischen Konzil ganz ablehnte. Sie ließ sich einfach nicht auf eine »amor« ins Feld führende Argumentation ein. »Dein guter Wille ist gefragt«, sagte sie und wendete den Blick von ihren Fußspitzen auf mich.

»Was ist denn so schlimm daran, wenn wir noch ein bisschen warten?« fragte ich. »Wartezeit ist Reifezeit.« Ich wiederholte die Worte des Paters. »Ich bin reif genug«, sagte sie trocken, »und die Zeit ist auch reif. Und wenn die Zeit reif ist, muss nicht gewartet, dann muss gehandelt werden. Entscheide dich!« »Es geht doch nicht um eine Entscheidung«, sagte ich beschwörend, »es geht darum, dass ich im Augenblick meine Mutter nicht allein lassen kann.« »Wenn du deine Mutter jetzt nicht allein lassen kannst, kannst du deine Mutter später auch nicht allein lassen«, sagte sie.

Das war alles schon einmal gesagt worden. Jeder hatte schon einmal gesagt, was er zu sagen hatte, die Argumentation erschöpfte sich in Wiederholungen. Und das Nachdenken darüber brachte auch nichts, es verstärkte die Zweifel. Vielleicht hatte sie gar nicht so Unrecht. Ja, ich konnte ihren Standpunkt verstehen. Das ist das Blöde beim Nachdenken. Man versteht immer besser den anderen Standpunkt und wird immer unsicherer, was den eigenen angeht. Vielleicht musste ich wirklich wählen. Aber ich konnte mich nicht gegen meine Mutter entscheiden. Ich hätte jede Orientierung verloren, ich hätte keinen festen Boden mehr unter den Füßen gehabt. Ich konnte mich nicht gegen mein ganzes bisheriges Leben wenden. Auf einmal dachte ich auch, dass es auf ein Entweder-Oder hinauslief. Es war unmöglich, beides zu haben. Trotzdem sträubte ich mich gegen diese Sicht der Dinge, ich lehnte die Entscheidung weiterhin ab. Ich klammerte mich in diesem Augenblick daran, dass es doch gehe. Warum sollte es bei gutem Willen nicht möglich sein? Besteht das Leben nicht immer aus Kompromissen?

»Du weißt«, sagte Silvia, »dass ich das nicht von dir verlange, um meinen Kopf durchzusetzen. Es geht einfach nicht mehr. Du machst dir keine Vorstellung davon, wie mein Vater mir das Leben schwer macht. Ich habe kein eigenes Leben. Ich habe vierundzwanzig Jahre lang kein eigenes Leben geführt. Mein Vater bestimmt über meinen Tagesablauf, über meine Kleidung, über alles. Gestern hatte ich eine weiße Bluse an. Was ziehst du eine weiße Bluse an fürs Geschäft? sagte mein Vater. Die ist bis Mittag schmutzig. Außerdem ist sie zu tief ausgeschnitten. Was überhaupt nicht wahr war. Manchmal wehre ich mich. Aber ich habe nicht immer die Kraft dazu. Und das geht täglich so. Alles, was ich mache, unterliegt der Beurteilung durch meinen

Vater. Das macht mich verrückt. Und meine Mutter versucht zu vermitteln und sagt: Du weißt ja, wie dein Vater ist. Mach ihm doch die Freude! Er meint´s ja nur gut mir dir.«

In Silvias Augen standen Tränen. Uta sah mich aus ihrem hochgestellten Mantelkragen von der Wand herunter vorwurfsvoll an. »Aber es ist doch nur eine Frage der Zeit«, sagte ich verzweifelt. »Es ist keine Frage der Zeit«, sagte sie, »es ist eine Frage des Hic et Nunc.« Auf einmal sprach sie auch Latein.

»Der Pater hat auch gemeint, dass wir noch warten sollten.« Ich machte einen letzten Versuch.« »Was für ein Pater?« fragte sie erstaunt. Ich erzählte ihr, dass ich auf dem Missionshaus gebeichtet habe und dass der Pater geraten habe zu warten, bis meine Mutter den Schicksalsschlag verkraftet habe. »Der kennt doch die Situation überhaupt nicht«, sagte Silvia empört. »Wie kann er so was raten, ohne die Situation und alle Betroffenen zu kennen?« »Du sollst Vater und Mutter ehren, hat er gesagt«, sagte ich. »Bis zur Selbstaufgabe?« fragte Silvia bitter. »Sollst du Vater und Mutter ehren, auf dass du daran kaputt gehest und du unglücklich werdest auf Erden? Glaub mir, ich weiß, was es bedeutet, Vater und Mutter zu ehren, aber ich hab auch eine Aufgabe meinem Leben gegenüber, das mir von Gott geschenkt worden ist.« Sie begann wieder von ihrem Leben unter der Herrschaft ihres Vaters zu sprechen, ich kam gar nicht dazu, noch einmal die Situation meiner Mutter anzuführen. Wir standen an entgegen gesetzten Punkten, da gab es keine Brücke. Sie konnten zusammen nicht kommen, das Wasser war viel zu tief!

Ich kann mich noch erinnern, wie ich nach Hause gefahren bin. Es war ein viel zu warmer Maiabend. Im Zugabteil blieb es stickig, auch wenn man das Fenster herunterriss. Es gab damals noch diese alten Züge mit Dampflokomotiven, und wenn man sich aus dem Fenster lehnte, schlug einem der Rauch ins Gesicht und in den Nasenlöchern setzte sich Ruß ab. Es war einer von jenen Bummelzügen, die an jedem Misthaufen halten, wie man so sagt. Dementsprechend lang dauerte die Fahrt. Sie hörte überhaupt nicht auf. Nur wenige Leute im Abteil, ein Mädchen im Sommerkleid, eine alte Frau in Schwarz mit ihrem Enkelkind.

Ich war traurig, aber es war eine seltsame Art von Traurigkeit. Es war eine süße, sanfte Traurigkeit, in der eine Ahnung von Trost liegt. Ein Schmerz war da, aber es war der Schmerz, dass etwas zu Ende gegangen war, was zu Ende gehen musste. Es war nicht der hoffnungslose Schmerz, dass alles aus ist. Es war eine Stunde von fast wehmütigem Zauber, da saß das junge Mädchen in dem weißen Sommerkleid, auf dem pralle rote und gelbe Punkte im dämmrigen Licht des Abteils leuchteten, und da saß die alte Frau in witwenhaftem Schwarz, die der Enkelin die Namen der Dörfer nannte, durch die wir fuhren. Das Leben ging weiter in Weiß und Schwarz und Bunt und mit den Namen, die immer schon bestanden hatten.

Ein Gefühl der Erleichterung stellte sich ein. Als habe ich das Richtige getan. Als habe ich mich richtig entschieden, indem ich es ablehnte, mich gegen meine Mutter zu entscheiden. Aber dann dachte ich, dass jetzt das, was mit Silvia begonnen hatte, nicht weitergehen werde, und es kam mir vor, als ob ich auf ein Glück verzichte, das schon für mich bereit gewesen sei. Die Tränen stiegen mir in die Augen. Aber dann dachte ich, dass es verschiedene Arten von Glück gibt und dass für jeden Menschen nur das Glück möglich ist, dass zu ihm passt. Ich dachte, dass Glück nicht auf Verletzungen gründen kann. Aber Silvia würde ich doch verletzen! Ich rechtfertigte mich damit, dass nicht ich mich gegen Silvia entschieden habe, sondern sie sich gegen mich entschieden habe, indem sie mich vor die Wahl stellte: Jetzt oder nie!

Als ich zuhause ankam, umarmte ich meine Mutter. Sie verstand alles, wir brauchten nicht groß darüber zu reden. »Die Zeit heilt alle Wunden«, sagte sie.

Ich war nicht sicher, das Richtige zu tun. Aber ich wusste, dass ich nicht anders handeln konnte.

Im Spätherbst heiratete Silvia Horst, den sie Puschkin nannten.

XVI

Die Trauernden traten ans Grab, um die Abschiedsrituale zu vollziehen, die seit alters Brauch sind. Die Frauen verharrten einen Augenblick und warfen einen kleinen Strauß Rosen oder Nelken in die Tiefe, die Männer zogen die Schaufel aus dem am Rand der Grube stehenden Sandkasten und ließen den Sand mit drei kurzen Rucken von der Schaufel hinabfallen. Es hallte dumpf, wenn der feuchte, klumpige Sand auf dem Sargdeckel auftraf. »Drei Schippe voll aufs Maul«, sagen die Leute, denn der Tod ist für alle gleich. Auch wer im Leben groß da steht, auch wer was Besonderes sein will, es geht ihm am Ende wie allen andern. »Was ist denn?« sagen die Leute. »Zum Schluss kriegt er drei Schippe voll aufs Maul wie jeder andere auch.«

Andererseits ist es mir immer wie eine unnötige christliche Brutalität vorgekommen, den Angehörigen im polternden Fallen der Erde akustisch zu symbolisieren, dass der liebe Leib zu Staub zerfallen wird. Neuerdings haben sie als Alternative ein Weihwasserbecken aufgestellt. Man ergreift den Sprengel, der in dem Becken ruht, und segnet den Sarg mit dem geweihten Nass, das geräuschlos niederfällt.

Ich wählte im herben Bewusstsein der Symbolik den alten Brauch und ließ, als die Reihe an mich kam, mit kurzen Stößen der Schaufel die braune Erde hinab auf Sarg und Blumen und die bereits hinab geworfene Erde fallen, die auf Sarg und Blumen lag, die ebenfalls zu Erde werden würden.

Ich blieb einen Moment stehen und schloss die Augen und dachte an Silvia, wie sie damals war. Das undeutliche Bild einer jungen Frau, die mit blitzender Unnachgiebigkeit auf ihrem eigenen Leben besteht. Die sich entschlossen hat, die Entscheidung über ihr Leben ab jetzt keinem anderen zu überlassen. Aber ist das Leben das Ergebnis eigener Entscheidungen? Jede Entscheidung, die du fällst, schließt eine andere aus. Jede Entscheidung, die du fällst, zieht etwas nach sich, was keiner Entscheidung mehr unterliegt, was du einfach in Kauf nehmen musst.

Ich wendete mich ab, um den Angehörigen die Hand zu geben. Ich hatte Silvias Kinder bei verschiedenen Gelegenheiten getroffen. Vor allem Inge war als Schülerin oft in die Stadtbibliothek gekommen, um sich Bücher auszuleihen. Ich hatte sie dann nach ihrer Mutter gefragt. Als ich ihr jetzt die Hand gab, beugte sie sich vor und flüsterte: »Sie kommen doch zum Kaffee in die ›Träne‹?« Inge war ein apartes Mädchen. Das rötliche Haar fiel in Locken über die schmalen, schwarzbemantelten Schultern. Aus blassem Gesicht blickten mich gerötete Augen an. Ich nickte. Ich reichte ihrem Bruder Thomas und seiner Frau die Hand und murmelte: »Mein herzliches Beileid.« Thomas glich seinem Vater, er hatte dasselbe runde, friedliche Gesicht. Seine Frau, schmal und blond, erweckte den Eindruck, als gehe sie das, was hier geschehe, eigentlich nichts an oder sei vielmehr dazu veranstaltet, der Vorführung ihres eleganten, perlgrauen Wildledermantels mit Pelzbesatz einen passenden Anlass zu bieten. Ihr Blick perlte von mir ab wie Wasser von einer Teflonfläche.

Ich entfernte mich auf dem schmalen Weg zwischen den Gräbern. Es war erst halb vier, aber schon neigte der Nachmittag sich der Dämmerung zu. Dunkle Wolken zogen auf, es sah aus, als könne jeden Augenblick ein Schnee- oder Regenschauer niedergehen.

Ich suchte das Grab meiner Eltern auf. Nach den Beerdigungen ist es üblich, dass man noch zu den Gräbern der eigenen Angehörigen geht. Aber ich gehe auch gern zum Grab meiner Eltern. Vom Grab meiner Eltern geht Trost aus. Sie ruhen in Frieden. Die Verwirrungen des Lebens sind vergangen, alle Fragen haben eine Antwort gefunden, eine Ordnung ist eingetreten, die nie mehr gestört werden wird, die ewige Ruhe. Das Leben meiner Eltern war nicht besonders aufregend oder ruhelos gewesen. Im Gegenteil. Sie hatten ein ruhiges Leben geführt, wie man so sagt. Sie hatten auch mir im Leben Ruhe und Sicherheit vermittelt. Aber das Leben als solches ist beunruhigend und verstörend. Wenn ich auch sagen kann, dass ich mein Leben mit einer Sicherheitszone umgeben und ihm eine Ordnung verliehen habe, die so leicht keine Störungen aufkommen lässt, so gibt es doch keine Gewissheit, dass es so bleiben wird. Die Zukunft liegt in Finsternis und macht das Herz uns schwer, haben wir in der Katholischen Jugend gesungen. Unruhig ist unser Herz, bis es ruht in Dir, sagt der heilige Augustinus.

Das Grab meiner Eltern war mit winterlichem Tannengrün bedeckt, unter dem Stiefmütterchen und Tulpenzwiebeln dem blauen Band des Himmels entgegenträumten. Die Sträucher zu beiden Seiten des Grabsteins verdeckten die Schrift, ich dachte, ich muss sie bald beschneiden. Ich dachte an meine Eltern und sagte ihnen, dass ich an sie denke. Ich bat sie um ihre Fürbitte am Throne Gottes. Ich betete ein Vaterunser und ein Gegrüßetseistdumaria und bekreuzigte das Grab, weil ja die Toten kein Kreuz mehr schlagen können.

XVII

Als ich dem Friedhofsausgang zuschritt, rief jemand hinter mir: »Hey, mach langsam!« Es war wieder Karl Bäumchen, mit dem ich im Trauerzug gegangen war.

Karl war ein guter Freund von Horst, Silvias Mann, durch den ich ihn auch kennengelernt hatte. Beruflich war er Versicherungsvertreter, sein eigentliches Interesse aber galt dem edlen Waidwerk. Seine Einkünfte erlaubten es ihm nicht, selbst ein Jagdrevier zu pachten, so war er eine Art Jagdaufseher bei Max geworden, der sein Revier nicht so hegen konnte, wie es notwendig gewesen wäre, weil er oft auf Montage war. Max war dem unermüdlichen Karl, der in jeder freien Minute- und er hatte deren viele- mit seinem Hund Prinz durch die Wälder und die Auen streifte und nach dem Rechten sah, dankbar und zeigte sich in jeder Hinsicht großzügig. Karl durfte seine zwei, drei Böcke schießen, er war bei allen Treibjagden dabei, Max hatte ihn sogar einmal nach Ungarn zur Hirschjagd mitgenommen. Vor anderen aber hatte Max das Bedürfnis, die Hierarchie klar zu definieren und Karl Arbeiten aufzutragen, die der sowieso, ohne dass es ihm extra aufgetragen wurde, verrichtete, oder von ihm Rechenschaft über die normalsten hegerischen Tätigkeiten zu fordern.

»Jetzt kann man einen Kaffee brauchen«, sagte ich, »das Nasskalte, das geht durch und durch.«

»Ach, weißt du«, gab Karl an, »wenn man jeden Tag draußen ist wie ich, dann macht einem das nichts mehr aus.« Dabei hatte er den Schnupfen wie nur was.

Wir gingen zum Friedhofstor hinaus, vorbei am blau und gelb gestreiften Totenbierzelt, das jetzt in der langsam hereinbrechenden Dämmerung alle Verlassenheit der Welt auf sich versammelte.

»Was macht die Karla?« fragte ich. »Keine Ahnung«, antwortete Karl. »Wieso?« fragte ich erstaunt. »Wir sind nicht mehr zusammen«, sagte Karl. »Oh«, sagte ich, »das hab ich gar nicht gewusst.« »Schon eine Zeitlang nicht mehr«, sagte er. »Seid ihr geschieden?« »Ach, das ist so teuer, das kannst du heute ja nicht mehr bezahlen.«

Ich konnte mir gar nicht vorstellen, dass Karl und Karla sich getrennt hatten. Sie waren seit jeher ein Paar gewesen, kein besonders glückliches, zugegeben, denn Karl ließ so ziemlich nichts von dem gelten, was Karla sagte, und Karla sagte sehr viel. Wenn sie in Gesellschaft waren, machte es Karl gar nichts aus, Karla in den Senkel zu stellen, wie man so sagt. »Schwätz kein so dummes Zeug!« fuhr er sie an. »Wo hast du denn das schon wieder her?« knurrte er, wenn Karla mit einer Neuigkeit herausrückte, die ihm wenig glaubhaft schien. »Iss nicht so viel!« bestimmte er. »Du passt bald in kein Kleid mehr rein.«

Karla überging das alles mit einem etwas gekünstelt klingenden Lachen oder einer Bemerkung, die erklären sollte, dass Karl das alles ja nicht so meine. »Was sich liebt, das neckt sich, gell«, sagte sie etwa und lachte. Das war immer so gewesen und man hatte sich daran gewöhnt, dass Karl grummelte und Karla über dieses Grummeln hinweghüpfte.

Karla hieß überhaupt nicht Karla, sondern Erika, aber seitdem sie in der Tanzstundenzeit ihren Platz an der Seite von Karl gefunden hatte, sagten alle Karla. Sie war nicht besonders hübsch, aber sehr beweglich. Sie war in hundert Vereinen und wusste alles, was in der Stadt passierte. Eine Betriebsnudel, wie man so sagt. Sie hatte ja auch Zeit, da ihr Mann an Feierabenden und Wochenenden den Wäldern zustrebte. Karla hatte mir auch später immer wieder Nachrichten über Silvia zugetragen. Sie war im Förderverein »Kultur«, dem ich als Vertreter der Stadt und zweiter Vorsitzender angehörte.

Nach ihrer Heirat mit Horst war Silvia in das Haus ihrer Schwiegereltern gezogen. »Das weißt du ja?« hatte Karla gesagt. Wusste ich natürlich nicht. »Ich denke, ihr Vater hat ihr eine Wohnung eingerichtet?« fragte ich. »Ja, die wollte sie nicht mehr«, sagte Karla, »da hat es irgendwie Krach gegeben.« Sie hätten die obere Wohnung im Haus der Schwiegereltern bezogen, eine sehr schöne Wohnung, alles »neu renoviert«, hatte

Karla gesagt. Mit der Schwiegermutter vertrage die Silvia sich gut, allem Anschein nach, hatte Karla mit bedeutungsvollem Blick hinzugefügt. Man wisse ja nie, wie lange es gut gehe, wenn man so dicht aufeinander wohne, und die Mutter von Horst, die sei nicht so ohne, sie kenne sie aus dem Paramentenverein. »Eine herrschsüchtige Person«, sagte sie, »die meint immer, alles müsse nach ihrem Kopf gehen.«

Den ersten Krach habe es bereits gegeben, hatte mir Karla nach einiger Zeit genüsslich berichtet. Sie hatte es ja gewusst. Silvia sei in der Stadt gewesen und als sie zurückkam, habe sie die Schwiegermutter in ihrer Wohnung angetroffen. »Du hast aber eine arge Unordnung«, habe die gesagt, »und gebohnert hast du auch nicht.« Da sei Silvia ausgerastet und habe geschrieen, das gehe sie gar nichts an, das sei ihre Wohnung, und da habe sie nichts zu suchen. »Da hatte die Alte überall herum geschnaust!« sagte Karla.

Karla wusste fast alles über Silvia. Und da Karla wusste, dass ich mit Silvia »gegangen war«, und da ich offenbar den Eindruck erweckte, als höre ich ganz gern Neuigkeiten über Silvia, breitete Karla alle Geheimnisse, die sie kannte, detailliert vor mir aus. Offenbar hatte Silvia selbst das Bedürfnis, sich jemandem anzuvertrauen. Karla traf Silvia jeden Donnerstagmorgen im Schwimmkreis der Damen, und nach dem Sport war Zeit für ein Getränk und ein Geheimnis.

»Stell dir vor«, erzählte mir Karla nach einer Sitzung des Kulturfördervereins, »was ihr Schwiegervater sich geleistet hat!« Das dürfe ich aber niemandem weitererzählen, sagte sie, Silvia habe es ihr unter dem Siegel der Verschwiegenheit anvertraut. »Wem soll ich das weitererzählen!« Ich schüttelte den Kopf.

Also, der Schwiegervater habe arg mit Rheuma zu tun und neulich, da sei seine Frau mit dem Paramentenverein einen Tag weg gewesen, da habe er Silvia runter gerufen, ob sie ihn einreiben könne. Silvia habe sich nichts dabei gedacht und sei runter gegangen. Da habe er splitternackig da gesessen. Silvia habe ihm zuerst mal ein Handtuch über den Unterleib gelegt und habe ihm dann wortlos Rücken und Brust und Arme eingerieben. Die Beine auch, habe er gesagt, da komme ich nicht dran. Er habe die Beine, eins nach dem andern, auf einen Stuhl gelegt, und Silvia habe sie ihm unten eingerieben. Da oben auch, habe er gesagt. »Stell dir das Ding vor!« sagte Karla. »Was für ein Ding?« fragte ich blödsinnigerweise. Aber Karla redete schon weiter. Sein Ding unter dem Handtuch sei tatsächlich schon steif geworden. Das kannst du selber machen, habe Silvia gesagt, und überhaupt, man sitzt nicht so nackig herum! Und dann sei sie gegangen. Aber sie sei fix und fertig gewesen.

Ein andermal erzählte Karla, er sei tatsächlich doch ins Bad gekommen, als Silvia beim Duschen war. Als sie den Duschvorhang aufzog, habe er plötzlich vor ihr gestanden. Sie sei wahnsinnig erschrocken. Hast du eine Briefmarke? habe er ganz unschuldig gefragt und ein Couvert hochgehoben. Seit der Zeit sperre sie immer ab. »So ein dreckiger alter Mann!« sagte Karla empört.

So geht es, hatte ich damals mit bitterer Genugtuung gedacht. So geht es, wenn man unbedingt sein eigenes Leben leben will. Wenn man die so genannte Selbstbestimmung einfordert und sich rücksichtslos selbst verwirklichen will. Wenn man nicht abwarten kann und sich um jeden Preis emanzipieren will. Das hat sie nun davon. Dem Zwang des Vaters entkommen, um der Geilheit des Schwiegervaters ausgesetzt zu sein. Ich dachte, dass sie selbst es ja so gewollt habe, dass sie es sich selbst zuzuschreiben habe. Ich gebe zu, es war nicht schön von mir, so zu denken. Es war ausgesprochen gemein von mir, so zu denken. Natürlich war es auch ungerecht und traf den Sachverhalt nicht. Aber es war alles noch nicht so lange her. Es war alles noch so frisch und schmerzte.

Ich verbot mir dann, so zu denken, ich verbot mir überhaupt jeden Gedanken an Silvia. Ich wollte nichts mehr von ihrem Leben wissen. »Ach, weißt du«, sagte ich beim nächsten Mal zu der mitteilsamen Karla, »ich will davon überhaupt nichts wissen. Das interessiert mich nicht.« Karla sah mich ungläubig an. Sie erzählte mir immer wieder von Silvia und ich ließ sie erzählen.

XVIII

Ich versuchte mich zurechtzufinden und mein eigenes Leben zu leben. Es ging meistens ganz gut. Ich brauchte mich ja nicht in einer völlig neuen Situation zu orientieren, es blieb sozusagen alles beim Alten. Die Vertrautheit ist eine gute Weggefährtin.

Ich wohnte in meinem Elternhaus. Meine Mutter versorgte mich und ich kümmerte mich um sie. Meine Mutter stellte keine großen Ansprüche. Es genügte, dass ich da war. Wir gingen sonntags zusammen in die Kirche, meistens fuhren wir aufs Missionshaus. Dann gab es das sonntägliche Mittagessen, das meine Mutter schon vor dem Kirchgang vorbereitet hatte, meist Rindfleischsuppe mit Markklößchen, Rouladen mit Salzkartoffeln, Soße und Rotkraut und zum Nachtisch Grießpudding mit Erdbeermarmelade oder Eis. Das konnte ich jeden Sonntag essen. Das war mein Sonntagsessen, das ich nie leid wurde.

Das Leben ging seinen ruhigen, gewohnten Gang. Aber ich war nicht immer so disponiert dafür. Manchmal wurde ich morgens wach und sah den Tag mit seinen bekannten Verrichtungen und Abläufen sich vor mir erstrecken und hatte durchaus keine Lust darauf. Manchmal geriet ich in Unruhe und war zu den einfachsten Tätigkeiten unfähig. Ich zweifelte daran, dass das nun das Leben war, das ich mir gewünscht hatte und das für mich bestimmt war. Aber welches Leben war für mich bestimmt? Welches Leben war für mich das richtige? Wie sollte »mein Leben« aussehen?

Und dann war da die Sexualität, diese ewige Unruhestifterin. Sie lag auf dem Sprung und nahm mich in ihre Fänge und spielte mit mir wie die Katze mit der Maus. Ein abgedroschenes Bild, sicher, aber genauso kam ich mir vor. Wie die Maus. Es gab kein Entrinnen. Ich war der Katze ausgeliefert. Ich musste ihr Spiel mitspielen. Ich schlug ein paar Haken, aber dann packte sie mich und fraß mich auf. Happs! Dann sagte ich: Nie wieder! Aber einige Zeit später begann das Spiel von neuem.

Das ging natürlich alles nur mit mir hin. Da war niemand beteiligt. Ich war immer noch »Jungfrau«. In diese »Häuser« bin ich erst später gegangen. Zu der Zeit genügte es mir, die Lust mittels Zeitschriften und Illustrierten auszuleben. Ich erstand sie an Kiosken, das waren noch nicht einmal Pornoheftchen. Aber es war trotzdem Schmutz und Schund, wie wir in der Katholischen Jugend gesagt hatten. Die himmelhochjauchzenden Verzückungen fleischlicher Lust und die Abstürze in die klebrigen Täler zutodebetrübter Sündhaftigkeit! Nach diesen zyklischen Verfehlungen war es Balsam für die Seele, in der Kirche zu knien und zu bereuen und zu beichten. Befleckt rein gehen, mit Schuld- und Reuegefühlen, rein raus gehen, lauteres Glück!

Die Sünde brachte Glücksgefühle anderer Art mit sich. Man konnte sich dem nicht entziehen. Ich nahm die Sündhaftigkeit wie ein Los hin. Das Menschenlos. Selbst der Gerechte fällt ja sieben Mal am Tag. So gerecht war ich zwar nicht, aber ich fiel oft genug. Selten widerstand ich, oft erlag ich den Versuchungen des Fleisches, wie man so sagt.

Es wird besser werden, gelobte ich. Die guten Vorsätze hielten eine Weile. Und dann zack, der Absturz. Es wird schon irgendwann besser werden, tröstete ich mich.

Mit zunehmendem Alter nimmt die Tugendhaftigkeit naturgemäß zu. Wie der Pastor gesagt hatte: Die Natur löst das Problem mit Hilfe Gottes und der Zeit.

XIX

Zusammen mit Karl und mir kamen noch andere Gäste vor der »Letzten Träne« an. Ich hielt, im Eingang stehend, die Tür hinter mir auf, aber die Leute wurden mit dem Säubern ihrer Schuhe nicht fertig. Sie stampften und kratzten und klopften mit ihren Schuhen herum, an denen sich Erde und Schnee fest geklumpt hatten, bis endlich einer folgte und mir die offene Tür abnahm.

Die Kaffeetafel war im Nebenzimmer gedeckt. Sanftes Gemurmel erfüllte den Raum. Schwarzgekleidete Kellnerinnen eilten hin und her und schenkten aus schwarzen Warmhaltekannen schwarzen Kaffee aus. Es ist längst nicht mehr wie früher, als es nach den Beerdigungen nur Kranz- und Krümelkuchen gab. Heute stehen außer diesen Klassikern noch Käse- und Apfelkuchen auf dem Tisch, und wer das Herzhafte liebt, hat Gelegenheit, sich an Platten mit Lachs- und Wurst- und Käseschnittchen gütlich zu tun.

Max winkte mir zu, an ihrem Tisch war noch ein Platz frei. Karl, der seine Frau unter den Gästen ausgemacht hatte, bezog einen entfernteren Platz an der Theke, wo schon die Männer standen, die dem traditionellen Begräbniskaffeeritus das ebenfalls althergebrachte »Versaufen der Haut« vorzogen, was im Prinzip nur bedeutete, dass sie statt des normalen totenlosen Saufens sich zu Ehren des oder der Verstorbenen feierlich betranken.

»Ich war ganz erschrocken«, sagte ich zu Waltraud, »als ich es in der Zeitung gelesen habe. So plötzlich und unerwartet, wie man sagt.«

»So plötzlich war das nicht«, Waltraud schüttelte den Kopf, »das hat eine lange Geschichte.«

»Wenn man´s am Herz hat,« sagte Max schulterzuckend, »da ist schnell was passiert.«

»Das Herz war´s ja nicht allein«, sagte Waltraud, »das Seelische …«

»Das Seelische, das Seelische!« sagte Max ärgerlich »Was ihr immer mit dem Seelischen habt! Wenn man´s am Herz hat, hat man´s am Herz. Was hat das Herz mit der Seele zu tun?«
»Eine ganze Menge«, sagte Waltraud.

Max stand unwillig auf. »Ich geh mal zum Karl rüber. Mit dem hab ich noch was Jagdliches zu besprechen.«

»Was meinst du mit dem Seelischen?« fragte ich.

»Wie es ihr im Leben ergangen ist«, sagte Waltraud. »Damit hat doch die ganze Herzgeschichte zu tun. Zuerst die Last mit den Schwiegereltern. Und an ihrem Mann hat sie auch nicht viel gehabt. Mit den Kindern hat sie immer allein dagestanden. Und dann später, da ist der Horst seiner Wege gegangen, und die Kinder sind aus dem Haus gegangen. Da stand sie wieder allein da. Sie hat ja nie viel gesagt. Aber manchmal hat man doch gemerkt, wie sie gelitten hat.«

»Ja«, sagte ich, »sie hat´s wohl nicht leicht gehabt. Aber davon stirbt man doch nicht.«

»Wovon stirbt man?« antwortete Waltraud. »Man stirbt nicht nur von Krankheiten, man stirbt auch vom Leben. Das Leben zerstört die Kraft. Das Leben verbraucht einen. Sie hatte keine Lebenslust mehr, keine Lebenskraft. Sie hat´s nicht mehr gepackt.«

»Das kann ich kaum glauben«, sagte ich, »wenn man an früher denkt. Sie war doch immer so vital und dynamisch.«

»Das war einmal«, sagte Waltraud. »Du hättest sie nicht wiedererkannt, auch äußerlich. Sie war aufgeschwemmt von der vielen Medizin, sie hat sich nur noch langsam und schwerfällig bewegt, bei der kleinsten Anstrengung war sie außer Atem. Und diese Angina pectoris, die ist dann oft so mit Angstgefühlen verbunden. Ich war ja jede Woche wenigstens zweimal bei ihr. Am Schluss ist sie kaum noch aus dem Haus gegangen.«

Ich erinnerte mich, dass sie damals auf dem Pfarrfest schon schlecht aussah. Die letzten Jahre hatte ich sie dann nicht mehr gesehen. Ich hätte sie doch noch einmal besuchen sollen, dachte ich. Aber jetzt war alles zu spät.

Als sie das letzte Mal bei ihr gewesen sei, sagte Waltraud, habe sie ihr gar nicht gefallen. Sie habe ihr ein Rostwürstchen vom Markt mitgebracht. Die Rostwürstchen habe sie ja immer so gern gegessen. Iss es, solange es noch warm ist! habe sie zu ihr gesagt. Aber sie habe so lustlos darauf herumgekaut. Sie habe im Sessel am Fenster gesessen, dick eingemummelt, obwohl es im Zimmer schön warm gewesen sei. Sie hätten über dies und jenes gesprochen, aber das Gespräch habe immer wieder gestockt. Plötzlich habe Silvia gesagt: Ich habe im Leben alles falsch gemacht. Sie habe zusammengesunken da gesessen und so vor sich hin gesprochen. Ach Gott, habe Waltraud gesagt, wie kommst du denn da drauf? Sie sei regelrecht erschrocken, es habe so hoffnungslos geklungen. Alles, was ich eigentlich machen wollte, habe Silvia gesagt, habe ich nicht gemacht. Als ich jung war, wollte ich auf die Schule gehen und Abitur machen. Ich wäre gern Dolmetscherin oder Fremdsprachensekretärin geworden. Ich hab mich immer für Sprachen interessiert. Vor allem wollte ich einen Beruf haben und unabhängig sein. Sie habe langsam und stockend gesprochen. Bitterkeit habe in ihrer Stimme gelegen, aber noch mehr Resignation. Du lieber Himmel, habe Waltraud sich beeilt zu sagen, jeder hat so seine Träume. Nicht alle Blütenträume reifen, habe sie, poetisch tröstend, hinzugesetzt.

Silvia sei nicht darauf eingegangen. Der einzige Beruf, den ich ausgeübt habe, habe sie gesagt, das war damals bei meinem Vater im Geschäft. Aus den Sprachen ist nichts geworden. Das Französisch vom Internat hatte ich nachher fast vergessen. In der Volkshochschule habe ich ein paar Kurse in Englisch und Französisch gemacht und einmal einen Spanischkurs, damals als ich Horst auf die Baustelle bei Puebla begleitet habe. Das war alles. Aber Unabhängigkeit, habe sie gesagt und ironisch gelächelt, die hab ich erreicht. Es ist niemand mehr da, von dem ich abhängig sein könnte. Sie sind alle fortgegangen und haben mir die Unabhängigkeit zurückgelassen.

Sie habe nicht weitersprechen können. Sie habe nicht mehr richtig Luft bekommen. Gib mir mal das Spray da rüber, habe sie gesagt. Waltraud habe ihr das Spray gereicht und sie habe sich mehrfach in den Mund gesprüht. Es habe eine Zeitlang gedauert, bis der Anfall vorüber war. Aber dann sei sie erschöpft gewesen und habe wenig mehr gesprochen.

Kann ich noch etwas für dich tun¿ habe Waltraud gefragt. Du tust genug für mich, habe Silvia geantwortet. Dann habe sie sie fest angesehen und gesagt: Ich danke dir für alles, was du für mich getan hast.

»Es klang so abschließend«, sagte Waltraud. »Ich habe es schnell überspielt und habe gesagt: Was heißt hier danke, das kostet Zweimarkfünfzig.« Silvia habe schwach gelächelt. »Ich habe«, sagte Waltraud, »mich in den letzten Tagen öfter gefragt, was es zu bedeuten hatte. Hat sie geahnt, dass es unsere letzte Begegnung war¿ Hat sie gewusst, dass es schlimm um sie bestellt war¿ Oder steckte noch mehr dahinter¿«

»Man darf das nicht so auf die Waagschale legen«, sagte ich unsicher.

»Ich weiß auch nicht«, sagte Waltraud. Ich lege mich jetzt hin, habe Silvia dann gesagt. Kannst du denn schlafen¿ habe Waltraud gefragt, sie habe ja gewusst, dass Silvia Probleme mit dem Schlafen hatte. Ich habe gute Tabletten, habe sie geantwortet, die helfen.

Am nächsten Tag, sagte Waltraud, habe sie nicht hingehen können. Und am darauf folgenden Tag habe Frau Riotte, Silvias Nachbarin, die einen Schlüssel hatte und immer mal reinsah, sie tot im Bett aufgefunden. Der Arzt habe dann nur noch Herzversagen festgestellt. »Ich mache mir solche Vorwürfe«, sagte Waltraud, »dass ich tags drauf nicht hingegangen bin.«

Wir schwiegen. Mir gingen alle möglichen Gedanken wirr im Kopf herum. Ich stellte mir vor, wie sie krank und allein da in ihrer Wohnung sitzt und auf ihr Leben zurückblickt. Eine große Welle von Mitgefühl überrollte mich und ich merkte, wie meine Augen feucht wurden.

In der Gastwirtschaft war es lauter geworden. Die Leute werden ja lauter, wenn sie sich vom Totenkult erholt und die ersten Schnäpse und Biere getrunken haben. Die Leute haben nach der Düsternis des Begräbnisgeschehens das Bedürfnis sich zu vergewissern, dass sie noch am Leben sind und dass das Leben weitergeht.

»Von dir hat sie auch an dem Tag gesprochen«, sagte Waltraud. »Von mir?« fragte ich verwundert. »Ja. Sie sagte auf einmal: Ob ich mit Gerhard glücklicher geworden wäre? Sie erzählte von früher, wie das mit euch war damals.«

»Das ist alles so lange her«, sagte ich kopfschüttelnd, als könne ich nicht glauben, dass es einmal gewesen war. Aber ich sah sie plötzlich vor mir, ich hatte das Gefühl, als öffne sich in dem schweren, dunklen Vorhang der Vergangenheit ein schmaler Spalt: Ich sah Silvia in einem weißen Kleid über eine Blumenwiese gehen. Sie lächelte mir zu. Oh Gott! dachte ich. Ich merkte tatsächlich, wie die Tränen in mir aufstiegen. Ich setzte die Brille ab und fuhr mir mit der Hand über die Augen.

»Guten Abend«, sagte eine Frauenstimme. Ich sah auf und bemerkte eine Frau in unserem Alter, die mir in einer unbestimmten Weise bekannt vorkam. »Darf ich mich zu euch setzen?«

»Ach Gott, die Margit!« rief Waltraud aus. »Dich hat man ja ewig nicht mehr gesehen. Wo kommst du denn her?«

Sie wohne in Stuttgart, erzählte Margit, sei verheiratet, habe zwei Kinder, arbeite wieder in ihrem Beruf, es gehe ihr gut.

Ich hatte sie nach den Clubzeiten ganz aus den Augen verloren und vergessen. Einmal hatte ich noch gehört, dass sie und Danny nicht mehr zusammen seien, aber auch Danny war ganz von der Bildfläche verschwunden.

»Das mit der Silvia ist ja schrecklich«, sagte Margit, »ich hab gar nicht gewusst, dass sie so krank war. Aber ich erfahre ja wenig von hier, nur was meine Mutter so schreibt.«

»Und was macht ihr so?« fragte Margit. »Ja, was machen wir so?« seufzte Waltraud. »Der Max ist viel auf Montage und ich male Seidenschals.« »Ah, das interessiert mich«, sagte Margit. »Ich hab da auch mal einen Kurs gemacht. Kann ich mal bei dir vorkommen und mir deine Sachen ansehen?« Als Margit anfing Waltraud über Leute aus der Stadt zu befragen, die ich zum Teil gar nicht kannte, sagte ich: »Entschuldigt mich bitte! Ich geh mal zu den Leuten vom Club rüber.«

»Der Club!« rief Margit erstaunt aus. »Gibt´s den immer noch?« »Schon lange nicht mehr«, antwortete ich.

XX

Sie standen fast vollzählig an der Theke, die Männer vom Club, älter geworden, gewiss, weitgehend grau, aber immer noch verlässlich dabei, wenn es einen zu heben galt. Da stand der breitschultrige Stier von Uri, dessen männermordendes Gebrüll vor Zeiten die Festnächte belebt hatte, da war Unkas, der letzte Mohikaner, der immer als letzter kam und ging und gern in Badewannen übernachtete, Mackie Messer war da, der es liebte sein Jagdmesser in Tische, Wände und Böden zu rammen, Max, der Mann aus Laramie, führte das Wort wie früher, und jetzt trat ich hinzu, den sie den Mann mit dem Hütchen genannt hatten.

Jeder aus dem Club hatte einen mehr oder weniger passenden Beinamen. Für mich hatten sie nicht gleich einen gefunden. Ich trug damals einen Hut, um eine beginnende Kahlheit zu bedecken, aber der Hut allein hätte für den schmückenden Beinamen nicht ausgereicht. Dazu bedurfte es einer namhaften Begebenheit.

Nach einer Clubsitzung hatte Max vorgeschlagen, noch zur »Bliesquelle« zu fahren. Die Bliesquelle war ein Gasthaus draußen auf´m Land, das seinen Namen aus der Nähe zur Quelle des heimatlichen Flüsschens bezog. Es war ein lauer Sommerabend. Sie stiegen zu mir ins Auto, weil ich noch vergleichsweise nüchtern war. Als wir ins Lokal traten, war mir gleich klar, warum Max hierher gewollt hatte. Hier bediente die Susi, die früher in der »Mott« bedient hatte. Die Susi war ganz apart, wie man so sagt, nur ihre Nase stach scharf hervor, so dass die Männer sie unter sich »Nasenbär« nannten. Aber die Nase war nicht das Einzige, was an der Susi scharf war. Es wurde dann eine recht feuchte Nacht, der Stier von Uri hätte sich am liebsten mit Mackie Messer geprügelt, weil sie sich über den Verlauf der letzten Treibjagd nicht einigen konnten, Unkas jammerte die ganze Zeit, wo all die Indianer hingekommen seien, »all die vielen Indianer«, rief er immer wieder in volltrunkener Verzweiflung, und Puschkin hatte den Arm um meine Schultern gelegt und erzählte vom bunten Leben auf Montage.

Als der Wirt uns gegen drei Uhr rauswarf, war Max verschwunden. Die andern stiegen unter Fluchen und Gesängen in mein Auto und ich ging ums Haus herum und rief: »Max! Max!« und: »Wir fahren jetzt!« Aus einem Zimmer im Erdgeschoß kam ein seltsames Geräusch, ein Keuchen und Ächzen. Ich blieb erschrocken stehen und lauschte. »Max?« fragte ich unsicher. Das Keuchen ging in ein Stöhnen über, ein auf- und abschwellendes weibliches Stöhnen, das in einem Schrei endete, dem kurze Zeit später ein gegrunztes, sich hinziehendes männliches Aaaaah folgte, dann Stille. »Max?« fragte ich in die Finsternis hinein. »Wer ist denn da?« fragte nach einer Weile eine erschöpfte Frauenstimme. »Gerhard«, antwortete ich. »Was für ein Gerhard?« »Der Mann mit dem Hütchen«, erklärte ich spontan. »Verdammte Tat!« kam die Stimme von Max aus der Tiefe des Raumes, »geh zum Teufel mit deinem Hütchen!« »Max, wir fahren dann«, sagte ich. »Fahrt zur Hölle!« antwortete Max.

Wir fuhren dann doch lieber nach Hause.

»Ah, der Mann mit dem Hütchen«, begrüßte mich Max beim nächsten Clubabend und haute mir auf die Schulter. Ich musste eine Runde ausgeben. »Zum Namenstag!« erklärte Max.

Dann standen jetzt an der Theke noch Karl, dem Max gerade laute, aber völlig unnötige Anweisungen zum Füttern der Rehe gab, und Attila, einer von Horsts Monteuren. Die beiden hatten nie zum Club gehört, aber an der Theke konnte man sie allemal treffen. Während Karl wirklich Karl hieß, war der wirkliche Name Attilas Ernst Schneider. Den Namen Attila verdankte er dem Islandpony, auf dem er an den Wochenenden durch die Felder trabte und dem er den Namen Attila gegeben hatte. Der Name des Rosses war alsbald auf den Reiter übergegangen. Attila stand zu Horst in einem ähnlichen Verhältnis wie Karl zu Max, nur ergab sich Attilas Verfügbarkeit aus beruflicher

Unterordnung, während es bei Karl das Interesse an der Jagd war, das ihn Max dienstbar machte.

Ich fragte Attila, ob er etwas von Horst wisse. Er nickte: »Der kommt heut Abend noch, ihr werdet euch wundern.« »Wieso werden wir uns wundern?« fragte der Stier von Uri. »Es wird nix verraten«, erklärte Attila geheimnisvoll, »ich hab auch der Hilde nix gesagt.«.

Max war kurz davor, »Bei uns in Laramie« zu singen, das Lied vom schwarzen Jonathan. Er hielt sein Bierglas in der Hand und wiegte sich in den Hüften und summte. »Ein Bier für meinen Freund Gerhard, den Mann mit dem Hütchen!« rief er der Wirtin zu und legte mir den Arm um die Schulter. »Was ist aus uns geworden, Gerhard!« seufzte er. »Wie viele Bier packst du noch?« fragte er. »Ich weiß nicht«, sagte ich. »Was konnten wir früher saufen!« sann Max. »Das hat uns alles nix ausgemacht. Und heut? Sogar der Stier von Uri ist nicht mehr das, was er war.« »Wer sagt das?« schrie der Stier. »Mit dir nehm ich es immer noch auf, du Schlappenflicker! Wann hast du deinen letzten Bock geschossen?« »Ich hab im letzten Jahr mehr geschossen als du, da kannst du Gift drauf nehmen«, sagte Max. »Hast du zum Beispiel einen Hirsch geschossen?« fragte er den Stier, wohl wissend, dass der keine Hirsche im Revier hatte. »Du hast doch auch keinen geschossen«, sagte der Stier, dem bekannt war, dass es im Revier von Max auch keine Hirsche gab. »Ich hab einen geschossen!« verkündete Max stolz und begann von einer Hirschjagd in Ungarn zu erzählen, an der er im letzten Herbst für schweres Geld, wie er sagte, teilgenommen habe.

Da konnte der Stier von Uri nicht mithalten. Dafür ergriff er jetzt mit beiden Händen den schweren, vollen Aschenbecher, der auf der Theke stand und schmetterte ihn auf die Fliesen, dass das Glas zersplitterte und die Asche aufstäubte. »Was soll der Quatsch?« rief die Wirtin aufgebracht. »Wenn ihr Blödsinn machen wollt, könnt ihr woanders hingehen. Das kehrst du alles wieder zusammen!« Sie reichte dem Stier Schaufel und Handfeger und er bückte sich und kehrte gehorsam alles auf. Aber es hatte ihm gut getan.

In diesem Moment stieß Attilas Frau Hilde zu der Runde. Sie wurde in Anbetracht der Tatsache, dass sie Attilas Gattin war, Kriemhilde genannt. »Oh, du bist aber gut gezogen«, sagte sie zu dem am Boden kehrenden Stier. »Trink nicht so viel!« wandte sie sich an ihren Mann, »du musst noch fahren.« »Ich denke, der reitet«, sagte Karl lachend. »Der kann doch nicht reiten, wenn ich dabei bin«, sagte Kriemhilde. »Ei grad dann!« krähte Karl und alle lachten – etwas lauter, als es dem Ernst der Stunde angemessen war.

Es ist nicht klar, ob Attila sich zuerst die Frau oder das Pferd anschaffte. Aber es gab ganz offenbar einen Zusammenhang. Falls Hilde zuerst da war, ist es völlig nachzuvollziehen, dass Ernst Schneider auf die Idee kam, sich noch ein Pferd zuzulegen, falls er das Pferd zuerst gehabt hatte, leuchtet es ein, dass er einer Frau verfiel, die dem geliebten Tier wie aus dem Gesicht geschnitten war, wie man so sagt.

Ich erinnere mich an einen Konzertabend vor vielen Jahren, an dem ich zufällig neben Attila und seine Frau zu sitzen kam. Ich hatte mich schon gewundert, sie in einem Konzert anzutreffen, in dem laut Programm kein einziges Pferd mitspielte, aber Kriemhild klärte mich gleich auf. Sie hätten die Karten vom Pastor geschenkt bekommen, der mit seiner Schwester habe teilnehmen wollen, aber plötzlich verhindert gewesen sei. »Ich mache mir ja wenig aus so Konzerten«, sagte sie, »und der Ernst hat auch keinen Spaß an so Musik, aber wenn man die Karten geschenkt bekommt …«. Ich wollte die alte Redewendung von dem »geschenkten Gaul« anbringen, unterließ es aber beim Blick auf Kriemhilds Züge.

In der Konzertpause standen wir dann zusammen und tranken ein Glas Sekt. Ich hatte Attila über Horst kennengelernt, deshalb fragte ich nach ihm. Er sei auf einer anderen Baustelle, sagte Attila. Er sei nicht mehr bei ihm. Das sei auch gerade gut so, fiel Kriemhilde grimmig ein, der Puschkin sei ja ganz heruntergekommen. Sie sah mich mit der Miene eines Pferdes an, das genau Bescheid weiß. »Wieso heruntergekommen?« fragte ich. »Weibsleute«, sagte sie, »auf jeder Baustelle hat er eine andere. Der Ernst hat mir alles erzählt.« Sie biss mit langen gelblichen Zähnen in ihr Sektglas.

Als wir jetzt, am Abend von Silvias Begräbnis, an der Theke standen, erinnerte ich mich daran. Ich erinnerte mich in dem Augenblick daran, als Kriemhilde mit langen gelblichen Zähnen in ihr Sektglas biss. Sie hatte sich einen Sekt bestellt. Pferde scheinen Sekt zu mögen.

»Die arme Silvia«, sagte Kriemhilde mit geheucheltem Schmerz, »jetzt ist sie erlöst. Sie hat ja nichts Schönes gehabt auf der Welt. Mir hat sie immer leid getan.« Sie sah mich Einverständnis heischend an. »Wieso hat sie nichts Schönes gehabt?« fragte ich. »All der Kummer mit ihrem Mann«, sagte das Pferd bekümmert. »Der Puschkin hat ja immer Weibsleute gebraucht. Mir hat der Ernst alles erzählt. Wie die auf den Baustellen gehaust haben! Also der Ernst ja nicht. Aber der hat mir alles erzählt. Die Silvia hat mir ja so leid getan. Die hat ja von all dem nichts gewusst.« Sie schüttelte ihre traurige Mähne. »Ich hab ihr dann mal reinen Wein eingeschenkt. Ich hab ihr mal erzählt, was der Puschkin alles so treibt.« »Ja«, pflichtete Attila bei, »du stellst dir das ja nicht vor.« Ich stellte mir dafür etwas anderes vor. »Was haben Sie ihr denn erzählt?« fragte ich Kriemhilde. »Ich hab ihr erzählt, was für ein Kerl der Puschkin ist«, sagte sie voller Abscheu. »Ich hab ihr erzählt, wie das auf den Baustellen so zugeht. Ich habe nur erzählt, was wahr ist. Der Ernst hat das ja alles mitangesehen. Der hat mir das ja alles erzählt.« Ich konnte es nicht fassen. Wie kann man solche Sachen nur den unmittelbar Betroffenen weitererzählen! Wie kann man nur so was machen! »Was hat Silvia denn dazu gesagt?« fragte ich. »Ich hab mich ja gewundert«, sagte das Pferd und schüttelte verwundert den Kopf, »dass sie sich nicht mehr aufgeregt hat. Sie war ziemlich komisch. Ja, das brauchte ich ihr nicht zu erzählen, das habe sie alles gewusst, hat sie gesagt. Das kann sie gar nicht gewusst haben. Woher will sie denn das gewusst haben?«

XXI

Ich sah plötzlich einen Zusammenhang zwischen Kriemhildes Geschichte, ihrem »Einschenken von reinem Wein«, und einer anderen Geschichte. Diese andere Geschichte, die mich und Silvia betraf, war mir immer einigermaßen rätselhaft erschienen. Wahrscheinlich, dachte ich jetzt, hat Kriemhilde kurze Zeit, nachdem wir uns auf dem Konzert begegnet waren, bei einer Gelegenheit Silvia das alles erzählt, vielleicht hat sie sie sogar extra aufgesucht, um ihr die ganzen Baustellengeschichten zu erzählen. So muss es irgendwie gewesen sein. Das war mir auf einmal klar.

Viele Jahre vor dem Pfarrfest, an dem ich Silvia zum letzten Mal gesehen habe, war Silvia eines Nachmittags in die Stadtbibliothek gekommen. Sie sah damals wirklich gut aus. Sie trug ein graues Kostüm mit einer roten Bluse darunter, deren obere Knöpfe geöffnet waren. Sie war nicht mehr so rank und schlank wie früher, eine Neigung zur Fülle deutete sich an, die aber durchaus anziehend war, weil sie die weiblichen Formen betonte.

Wie es denn so gehe, was ich denn so mache, man sehe sich ja so selten, das sei doch eigentlich schade. Mit gewinnendem Lächeln gesagt. Ich war ziemlich überrascht von so viel Freundlichkeit. Sie suche etwas zum Lesen, was ich ihr raten könne. Unterhaltsam solle es sein, aber auch anspruchsvoll. Am liebsten seien ihr Romane oder Erzählungen, in denen eine Frau im Mittelpunkt stehe. Und es solle so sein wie im wirklichen Leben. »Obwohl im wirklichen Leben die Frauen ja nicht im Mittelpunkt stehen«, sagte sie lächelnd. »Tja«, sagte ich lächelnd und zuckte die Achseln.

Es gab damals noch nicht diese ausgesprochene Frauenliteratur, es gab noch nicht die schrillen Bestseller, in denen dynamische junge Frauen sich gegen alle Widerstände in der

Männerwelt durchsetzen. Es gab noch keine bösen Mädchen, die überall hinkommen, im Gegensatz zu den guten Mädchen, die nur in den Himmel kommen. Es gab noch keine Superweiber, die ihren Mann verschenken, weil sie wissen, dass beim nächsten Mann alles besser wird.

Als ich vorsichtig Ruth Schaumann und Gertrud von Le Fort ins Gespräch brachte, lehnte sie lächelnd ab. »Das war einmal«, sagte sie, »die Zeiten ändern sich.« »Und wir mit ihnen«, bestätigte ich. Wir einigten uns auf Madame Bovary, die sie schon immer einmal habe lesen wollen, aber irgendwie sei sie nie dazu gekommen. Ich suchte ihr das Buch heraus und erzählte dabei von dem Skandal, den es damals um dieses Buch gegeben hatte. »Siehst du«, sagte sie, »es wurde schon immer als skandalös angesehen, wenn eine Frau das getan hat, was sie als das Richtige für sich erkannt hat, und ihren Weg gegangen ist und sich selbst verwirklicht hat.« Ich errötete. »Es kommt darauf an«, sagte ich. Sie lenkte ein. »Sicher«, sagte sie, »es kommt darauf an. Und man muss ja auch zuerst einmal wissen, was der richtige Weg für einen ist. Und bevor man das weiß, ist man vielleicht auf dem falschen schon sehr weit gegangen.«

Ich hätte nicht genau sagen können, worin sie sich verändert hatte. Einerseits schien sie sich verändert zu haben, andererseits, dachte ich, ist sie noch genau so selbstbewusst und zielstrebig wie früher. Auf jeden Fall war das Katholische nicht mehr so dominant.

Ich hatte mich ja auch verändert. Ich war nicht mehr der Mann von damals, der sie geliebt hatte und sie hatte heiraten wollen. Ich war überhaupt nicht mehr ein Mann, der heiraten wollte. In mir war etwas zerbrochen. Vielleicht meine Fähigkeit zu lieben. Vielleicht irgendein Grundvertrauen. Ich weiß nicht.

Aber ich fand sie sehr attraktiv, wie sie so in der Bibliothek vor mir stand und mit mir über Literatur sprach.

XXII

Damals, als wir jung und verliebt waren, hatten wir auch über Literatur gesprochen. Aber es war immer eine Literatur, die in Bezug zu unserem Leben stand. Es waren immer Bücher, die uns Maß und Richtschnur gaben.

Silvia hatte mir ein Buch gegeben, das der Kaplan Maurer ihr geliehen hatte. Es hieß »Stern auf hoher See«. Wunderbare Sätze standen darin, an denen man sich wie an Sternen auf hoher See orientieren konnte.

»Mein Gott, lass die Mädchen, unsere Schwestern, wohlgebildet, lächelnd und fein gekleidet sein! Möchten sie doch die Reinheit und das Licht unseres rauen Alltags sein! Gib, dass wir, Jungen und Mädchen, füreinander eine Quelle, nicht der Sünde, sondern des Reichtums sind!

Reinheit geht von ihnen aus und strahlt heilend auf uns über, die wir uns ohne Unterlass bemühen, diese Reinheit in uns zu hüten.

Die Mädchen verpflichten uns zu Anstand und Ritterlichkeit. Ihre Anmut beschwingt uns und stellt in uns das Gleichgewicht wieder her.«

Das war alles sehr schön gesagt und man konnte dem nur zustimmen. Aber dem nachleben, das war eine andere Sache.

Wir konnten Liebe und Sexualität nicht vereinbaren. Wie auch? Die Liebe war das Reine und die Sexualität war das Unreine. Wir bewegten uns auf dem Boden der katholischen Glaubenslehre mit unsicheren Schritten, immer wieder über die Unebenheiten der hereinbrechenden Wirklichkeit strauchelnd und voller Zweifel und Gewissensbisse. Und auf hoher See kann man sich nur in sternklaren Nächten an den hohen Sternen orientieren.

Nach dem Bruch mit Silvia war es in gewisser Weise leichter für mich geworden. Nach dem Bruch mit Silvia schwor ich der Sünde und der Ehe gleichermaßen ab. Nach dem Bruch mit Silvia gab der Glaube meinem Leben Richtung und Sicherheit. Ich wollte, vor jeder Beunruhigung sicher, im Rahmen der gottgewollten Ordnung leben. Es war die damals unbestritten geltende bürgerliche Gesellschaftsordnung, innerhalb deren christliche Werte galten und kirchliche Regeln respektiert wurden.

Dazu kam als weitere Orientierung meine Liebe zur Literatur, die ich auch berufsmäßig ausleben konnte. Ich war engagierter Leiter der Stadtbibliothek. Ich war in der Weltliteratur zu Hause. Ich ließ mich auf Probleme nur in literarischem Umfeld ein.

Nachdem Silvia mich enttäuscht hatte, wandte ich mich von den Frauen ab. Silvia hatte meine Liebe verschmäht. Ich hatte erlebt, dass es nicht genügt, selbst zu lieben, man muss auch so wiedergeliebt werden, wie man ist. Man muss nicht nur eine Person lieben, sondern auch ihre Vorstellungen, ihre Ansichten, ihre Art zu leben. Das war offenbar kaum möglich. Ich hatte keine Lust auf weitere Enttäuschungen. Ich hatte nicht die Kraft für weitere Enttäuschungen.

Nur meiner Mutter konnte ich vertrauen. Sie stand auf meiner Seite. Mütter wissen alles über einen, ohne es gegen einen zu verwenden. Selbst wenn man Fehler macht und sich schämt, ist man in Einklang mit ihnen. Sie halten zu einem, was man auch tut. Da braucht man sich gar nicht besonders anzustrengen. Es ist eine Liebe, die nicht in Frage gestellt wird.

Mein Leben floss ruhig dahin. Lange Zeit jedenfalls, Jahre. Ich wollte ein ruhig dahinfließendes Leben. Ich wollte keine Überraschungen. Überraschungen sind nie angenehm. Nein, für mich kam nur eine Lebensweise in Frage, die gegen plötzliche Ereignisse und Einbrüche so weit wie möglich abgesichert war und die es mir erlaubte, in Übereinstimmung mit meinen Grundvorstellungen ruhige und ausgefüllte Tage zu verbringen.

Körperliche Spannungen löste ich auf die übliche Weise. Das betraf nur Gott und mich, sonst niemand. Gott weiß, dass der Mensch schwach ist, und verzeiht dem reuigen Sünder und versetzt ihn wieder in den Stand der heiligmachenden Gnade.

So ganz ruhig floss mein Leben doch nicht dahin. Kurze Zeit, bevor mich Silvia in der Bibliothek besuchte, war etwas geschehen, was mich einigermaßen durcheinander brachte. Es war etwas, was total dem Leben widersprach, zu dem ich finden wollte. Es war der Sündenfall.

XXIII

Eines Abends hatte Max vor der Tür gestanden. Ich hatte ihn schon ewig nicht mehr gesehen. »Hallo, Max!«, sagte ich überrascht. »Hast du´n Bier für mich¿« fragte Max. »Sicher«, sagte ich, »komm rein!« Ich führte ihn mein Arbeitszimmer und holte zwei Flaschen Bier aus dem Keller.

»Ganz schön viele Bücher!« sagte Max und ließ andächtig den Blick über die Regale gleiten. »Hast du die alle gelesen¿« »So ziemlich«, antwortete ich. »Prost!« sagte Max. »Prost!« sagte ich und wir knallten die Bierflaschen aneinander. »Das Bier könnte kälter sein, ist aber egal«, sagte Max. »Der langen Rede kurzer Sinn: Hast du Lust, mit nach Mexiko zu fliegen¿« »Nach Mexiko¿ Wieso denn das¿« fragte ich überrascht. Ja, sagte er, er wolle den Puschkin besuchen, der dort eine Baustelle habe. Sei lange abgemacht. Es habe noch einer mitfliegen wollen, der Riefer Werner, »den kennst du nicht«, aber der könne auf einmal nicht oder wolle nicht, der Scherenschleifer. Da habe er an mich gedacht. Das Ticket bekäme ich natürlich billiger, der Werner sei froh, wenn es ihm überhaupt jemand abnehme.

»Da muss ich mal überlegen«, sagte ich. »Du kannst nicht lange überlegen«, sagte Max, »Mittwoch nächster Woche geht´s los.« Ich hatte nicht übel Lust mitzufliegen, es wäre mal was anderes, wie man so sagt.

»Flieg ruhig mit!« sagte meine Mutter, die damals noch ganz rüstig war, »ich komme für die Zeit gut allein zurecht. Gönn dir ruhig mal was!«

An einem Februarmorgen landeten wir in Merida. Vom Flugzeug aus hatte man eine Ebene voller Windmühlen gesehen. Wir stiegen in einem kleinen Hotel in der Nähe der Plaza ab. Ich hatte darauf bestanden, wenigstens einen ganzen Tag hier zu bleiben, damit ich einen Ausflug nach Uxmal machen könne. Max hatte murrend zugestimmt. »Also von mir aus, aber keinen

Tag länger!« Er wollte so schnell wie möglich zu Puschkin, der in der Nähe von Villa Hermosa seine Baustelle hatte.

Am nächsten Tag fuhren wir in einem klapprigen Bus voller Touristen und Indios durch das flache, heiße Land. Die staubige Landstraße führte durch Sisalplantagen und Buschwald. Ich betrat den Tempelbezirk mit einem gewissen Schauer. Vor uns ragte eine steil ansteigende Pyramide auf, deren Seiten aus großen so aufeinander geschichteten Steinblöcken bestanden, dass sie eine Treppe bildeten. Wir stiegen zur Opferstätte hinauf. Blut war hier geflossen. Die Götter lieben das Blut der Menschen, zumindest diese. War es bei den Christen nicht ähnlich? dachte ich. Hat Gott nicht auch immer wieder verlangt, dass man für seinen Glauben mit seinem Blut einsteht? Ist der wahre Glaube nicht immer mit Opfer verbunden? Selbst Max stand nachdenklich vor dem großen Chac-Mool.

Am späten Nachmittag des darauf folgenden Tages kamen wir in Villa Hermosa an, wo wir in einer Bar, die Puschkin uns bezeichnet hatte, auf ihn warteten. Er kam verstaubt und verschwitzt von der Baustelle. Wir tranken einige Margaritas, um das Wiedersehen zu feiern, und fuhren dann in Puschkins Wagen in die schnell hereinbrechende Nacht hinaus. In einem in der Nähe der Baustelle gelegenen Dorf brachte uns Puschkin in dem einfachen Hotel unter, in dem er selbst logierte. Wir aßen ein Gericht aus kleinen schwarzen Bohnen und Schweinefleisch und beschlossen den ersten Abend mit mäßigem Biergenuss, Puschkin musste am nächsten Morgen früh raus.

Max und ich verbrachten den größten Teil des folgenden Tages in der Hängematte im schattigen Garten des Hotels. Es war zu heiß, um viel herumzugehen. Wir gingen höchstens zur Küche, um neues Bier zu holen. Der Wirt wusste, dass er für die Deutschen viel kaltes Bier bereithalten musste.

Als Puschkin von der Baustelle zurückkam, duschten wir, zogen uns an und fuhren in die Stadt. Es war Wochenende. In der Stammkneipe der Brückenbauer wurden wir schon erwartet. An der Bar saßen drei kräftige, braungebrannte Männer, nicht mehr so ganz jung, Monteure oder Obermonteure, denen man ansah, dass sie ein männlich hartes Leben führten. Männer, die ihr Leben lang über die Baustellen der Welt zogen. Natürlich waren alle verheiratet, manchmal kamen ihre Frauen sie besuchen, und manchmal waren sie zu Hause auf Urlaub. Aber ihr eigentliches Leben spielte sich draußen auf den Baustellen ab, ein unabhängiges, freies Leben unter Männern.

Vor jedem der Männer stand eine große Margarita und neben jedem der Männer saß ein braunes Mädchen. Als wir uns an der Theke niedergelassen hatten, waren wie durch Zauber plötzlich noch drei Mädchen da. Puschkins Mädchen fiel ihm gleich um den Hals und redete auf ihn ein, die Mädchen, die sich zu Max und mir gesellten, waren den unbekannten Männern gegenüber noch etwas schüchtern. »Sie heißt Juanita«, stellte mir Puschkin das Mädchen vor, das sich zu mir gesetzt hatte. »Juanita hieß das Mädchen«, summte ich, das Lied von Freddy. Natürlich, wie sollte sie sonst heißen! Ich bestellte ihr etwas zu trinken, das heißt sie bestellte es sich selbst, denn ich wusste nicht, was sie wollte, und konnte ja auch kaum Spanisch. Puschkin fungierte als Dolmetscher. »Was hat sie gesagt¿« »Sie hat gesagt, dass du sehr sympathisch bist.« »Ah, simpatico!« sagte ich. »Si, muy simpatico«, lachte das Mädchen. »Du bist auch simpatica«, sagte ich, ihr zunickend. Die Mädchen bedienten sich einer Mischung aus Deutsch und Englisch und Spanisch, und die Verständigung klappte immer besser, je mehr Tequila und Lächeln und Körpernähe wirkten.

Juanita gefiel mir. Ihr langes, schwarzes Haar fiel auf die Schultern herab, die die weiße Baumwollbluse frei ließ. Sie lachte gern mit nicht ganz regelmäßigen weißen Zähnen. Sie legte mir den Arm um den Hals und fuhr mir mit der Hand durchs spärliche Haar. »Gringuito!« sagte sie zärtlich.

Wir setzten uns mit den Monteuren und den Mädchen an einen Tisch zum Abendessen. Es gab scharf gewürzte Tacos, die wir mit viel kaltem mexikanischem Bier begossen. Dann fuhren wir drei mit unseren Mädchen ins Dorf zurück. Juanita fragte, ob sie duschen könne. Sie kam, in mein Badetuch gewickelt und ihre Kleider in der Hand, ins Zimmer zurück. Die schwarzen Haare hingen lang und nass herab. Ich lag angezogen auf dem Bett, und sie legte sich neben mich. Sie schlug das Badetuch zurück und beugte sich Zärtliches murmelnd über mich. Sie öffnete mein Hemd und kreiste mit sanften Fingern über meine Brust. Ich stand auf und zog meine Sachen aus und legte mich neben sie aufs Bett. Es war heiß im Zimmer, der an der Decke kreisende Ventilator brachte kaum Kühlung. Aber das vergaß ich. Es war eine Nacht wie im Märchen. Ich hätte nie geglaubt, dass es so etwas wirklich gibt, dass es so etwas für mich geben könne. Das sind Dinge, von denen man nur liest. Das passierte nur in heimlich erworbenen Playboy- Heften oder in Magazinen, die ich schlechten Gewissens im Zwielicht der Beate-Uhse-Läden durchblätterte. Aber diesmal hatte ich plötzlich kein schlechtes Gewissen. Es war alles so natürlich.

Am nächsten Tag machten wir mit den Mädchen einen Ausflug ans Meer. Es war ein Sonntag. Es war ein bisschen eng in Puschkins Wagen, aber es ging. Wir badeten in dem warmen Wasser, wir lagen am Strand unter Palmen, wir saßen an der Bar und tranken große Margaritas, wir hörten die Mariachi-Musik und sahen aufs blaue Meer hinaus. Ein Tag wie auf einer Postkarte.

Als der Traum zu Ende ging, machten wir den Mädchen Geschenke und steckten ihnen Dollars zu, wir ließen uns unter Tränen umarmen, wir betranken uns noch einmal zusammen mit Puschkin, den wir in Tequila umtauften, und bestiegen erschöpft das Flugzeug.

Ich hatte das Gefühl, aus einem geträumten Leben in das wahre Leben zurückzukehren.

Das wahre Leben besteht in den Dingen und Menschen und Abläufen, die zu einem passen und denen man sich anpasst. Ich war froh, wieder in meiner gewohnten Ordnung zu sein und am Abendtisch der blaugemusterten Kittelschürze meiner Mutter gegenüber zu sitzen und nicht neben einem braunen Mädchen mit nackten Schultern. Ich genoss es, den Abend in meinem aufgeräumten Zimmer mit einem guten Buch zu verbringen anstatt in einer heißen, schäbigen Kammer schwitzend bei einer Frau zu liegen, die ich nicht kannte und nicht verstand und die nach den Augenblicken der Liebe mir so fremd war, dass mich Traurigkeit ergriff. Das passte alles nicht in mein Leben.

Aber ich war durchaus nicht damit fertig. Ich war wieder auf den Körper zurückgeworfen worden. Der Körper machte sein Recht geltend, das ich ihm so einfach abgesprochen hatte. Er ließ sich nicht mit edlen Worten und christlichen Vorstellungen beruhigen. Das Christliche und das Natürliche widersprachen sich.

Der Körper ist ein Teil der Natur, dachte ich, er untersteht den Gesetzen der Natur, die natürlich sind. Das muss man auch anerkennen. Mit der Natur in Übereinstimmung leben, hatten die alten Philosophen gefordert. Das heißt doch wohl auch mit dem Körper in Übereinstimmung leben. Aber was bedeutet das? Bedeutet das, dass man dem Körper einfach sein Recht zugestehen muss und dann ist es gut?

Naturalia non sunt turpia, sagten die Alten, natürliche Dinge sind nicht moralisch schlecht. Aber die Kirche sagt, dass man den Körper und seine Triebe beherschen muss. Dass es sündhaft ist, den natürlichen Trieben nachzugeben. Ich war in einem absoluten Zwiespalt.

Ich wurde von Träumen und Vorstellungen gequält. Ich gab dem Drängen der Natur und des Körpers nach. Zum Teufel, ich konnte nicht anders.

Ich fuhr in die Landeshauptstadt und versorgte mich in Sexshops mit Büchern und bebilderten Heften. Mehrmals fuhr ich am Wochenende in entferntere Städte und besuchte so genannte öffentliche Häuser.

Ich ging in der Zeit nicht beichten. Das hat jetzt keinen Sinn, sagte ich. Irgendwann komm ich da raus, sagte ich.

XXIV

Silvia war danach öfter in die Stadtbibliothek gekommen. Wir hatten geplaudert, ich hatte sie auf Neuerscheinungen hingewiesen. Es war auf einmal eine fast freundschaftliche Beziehung entstanden. Man konnte gut mit ihr über Literatur sprechen, sie war interessiert und hatte viel gelesen.

Eines Tages sagte sie: »Besuch mich doch mal! Ich koch was Schönes, und wir plaudern ein wenig über Bücher und dies und das. Ich lese gerade Virginia Woolf.« Als sie mein Zögern bemerkte, fragte sie: »Oder hast du Angst¿« »Vor Virginia Woolf¿« fragte ich. Sie lachte. »Wie wär´s mit morgen abend¿« fragte sie. »Okay«, sagte ich.

Als ich Silvia in ihrer Wohnung gegenüber saß, musste ich an Mexiko denken. Es war noch nicht lange her. Ich hatte noch nicht zu meinem gewohnten Leben zurückgefunden. Ich war voller Unruhe und Sehnsucht. Ich dachte, dass Silvias Mann Horst jetzt in Villa Hermosa mit einer muchacha hermosa an der Bar saß, ich hörte die Mariachi- Musik, ich sah den dicken schnurrbärtigen Wirt vor mir, wie er eine große Margarita lächelnd auf die Theke stellte.

Ich dachte, dass Silvia von all dem keine Ahnung hatte. Das war natürlich gut so, und ich kam selbstverständlich nicht auf den Gedanken, ihr irgendetwas von Mexiko zu erzählen. Aber sie kam mir plötzlich sehr allein gelassen vor. Ich hätte sie streicheln mögen. Ich kam mir auch sehr allein gelassen vor. Ich hätte mich streicheln lassen mögen.

Es war sonst niemand in der Wohnung, die Kinder waren irgendwo bei Freunden. Aus der Küche roch es gut. Wir saßen mit einem Martini in der Sitzgruppe des Wohnzimmers, dessen geschmackvolle Ausstattung zusammen mit der klassischen Musik ein Ambiente ergab, in dem man sich wohlfühlen konnte.

»Zum Wohl!« sagte Silvia und hob das Glas, mich aus dunklen Augen anblickend. Sie trug eine goldfarbene, nicht sehr tief ausgeschnittene Bluse zu einem langen, blauschwarz schimmernden Rock. »Ist dir warm genug?« fragte sie. »Mir wird immer wärmer«, sagte ich, das Glas ihr zuhebend: »Zum Wohl!« Wir nahmen einen Schluck Martini unter dem freundlichen Läuten der Eiswürfel.

»Es ist jetzt abends doch ganz schön frisch«, meinte sie. Wir sprachen davon, dass jetzt der Herbst komme und dass man an die Gräber denken müsse. »Mit den Sommerblumen ist es vorbei«, sagte sie. »Ja, es wird Zeit für die Stiefmütterchen«, sagte ich. »Wo kaufst du sie denn?« »Ich hab meine immer beim Gärtner Jung gekauft«, sagte ich, »da war ich immer ganz zufrieden.« »Ich gehe auf den Paterhof«, sagte Silvia, »aber letztes Jahr war ich ein bisschen spät, da haben sie keine mehr gehabt.« Silvia musste sich um die Gräber ihrer Eltern und ihrer Schwiegereltern kümmern. Ich pflegte zusammen mit meiner Mutter das Grab meines Vaters. Wir waren uns einig, dass es immer viel Arbeit sei, bis man die Gräber in der Reihe habe. »Gerade für Allerheiligen«, sagte ich, »da hat man die meiste Arbeit.«. »Die Sommerbepflanzung macht auch ganz schön viel Arbeit«, sagte sie. »Stimmt!«

»Ich muss jetzt mal in die Küche«, sagte Silvia, »aber es geht schnell.« Sie ging auf hochhackigen Schuhen hinaus.

Auf dem kleinen Tisch unter einer Lampe mit Tiffanyschirm lag Lyndall Gordons Biographie von Virginia Woolf. Silvia hatte sie aus der Bibliothek entliehen, ich hatte sie noch nicht gelesen. Ich blätterte. »Ein Ausspruch Leonards kommt mir in dieser Zeit völliger geistiger Leere und Öde in den Sinn: ›Alles ist irgendwie schief gegangen.‹ Es war an dem Abend, als C. sich umbrachte. Wir gingen durch diese stille blaue Straße mit dem Gerüst. Ich sah all die Gewalttätigkeit und Unvernunft in der Luft vorbeiziehen.«

Silvia trug ein Tablett, auf dem dampfende Schüsseln standen, aus der Küche herein. Sie stellte die Sachen auf dem Esstisch ab, der, von vier Stühlen umgeben, im anderen Teil des Zimmers stand und lehnte das Tablett neben das Buffet. »Ja,

Virginia Woolf!« sagte sie und sah zu mir herüber. »Man kann von ihr lernen.« »Was denn?« fragte ich. »Frau zu sein«, sagte Silvia. »Aber jetzt komm rüber!«

Es gab Schweinelendchen in Pfefferrahmsauce, Pommes Dauphines und Broccoli, dazu einen roten Saint Emilion Grand Cru classé, den sie zwei Stunden vorher geöffnet hatte, wie es sich gehört. »Das weiß ich noch von meinem Vater«, sagte sie. Wir hoben die Gläser und stießen an. »Hmmm«, sagte ich, »ein guter Tropfen!« »Er hätte noch zwei, drei Jahre liegen können«, sagte Silvia, »aber wer weiß, ob wir dann noch leben.« »Das wollen wir doch hoffen«, sagte ich. »Es ist schnell etwas da«, sagte sie. »Man muss Vertrauen haben«, sagte ich. »Vertrauen zu wem?« »Zu sich selbst?« fragte ich. »Das hat im Lauf der Zeit einigermaßen gelitten«, sagte sie. »Oder zu Gott?« schlug ich vor. »Ja«, sagte sie, »aber Gott hat vielleicht etwas anderes mit einem vor, als einem selber vorschwebt.«

Ich wollte das Gespräch nicht zu ernst werden lassen, ich wollte nicht, dass das Gespräch die Vergangenheit berührte, wozu sollte das gut sein. Ich wollte die Vergangenheit ruhen lassen. Wir saßen hier zusammen als zwei zivilisierte Menschen, die einen Abend bei gutem Essen und freundschaftlichem Gespräch gemeinsam verbringen wollen. Die Vergangenheit war passé, was hätte man dazu sagen sollen? Wozu hätte man noch darüber reden sollen? Es war einmal etwas zwischen uns gewesen, es hatte zwischen uns Gefühle und Möglichkeiten gegeben, aber das war vorbei. Es war Schmerz zugefügt und empfangen worden, aber das war lange her. Da lag viel Zeit dazwischen. Jetzt war die Lage anders, und es war in Ordnung, wie es jetzt war. Warum von dem reden, was geschehen war und was hätte geschehen können? Vielleicht war eine Art Freundschaft möglich. Eine Freundschaft, die auf dem beruhte, was jetzt war.

Trotzdem geriet ich immer mehr in eine nervöse Erregung, die einerseits aus der momentanen Situation kam, die ich um so weniger kontrollierte, je mehr ich dem Wein zusprach, andererseits mit der Verwirrung zusammenhing, die durch Mexiko in meinem Leben eingetreten war. »Juanita hieß das Mädchen«, summte es in meinem unsterblichen Gemüte. Die Erinnerungen an unsere Zeit früher stiegen süß und schwermütig auf wie sommerlicher Heugeruch und trugen das Ihre zu der erotischen Spannung bei, die in der Luft lag.

Nach dem Essen brachten wir gemeinsam das Geschirr in die Küche und setzten uns dann wieder in die Polster der Sitzgruppe. Silvia schenkte jedem von uns einen Cognac ein. Sie löschte die Deckenbeleuchtung. Auf dem Couchtisch brannte eine dicke, gelbe Kerze, gedämpftes Licht aus einer entfernten Stehlampe, das zweite Brandenburgische Konzert. Wir saßen eine ganze Zeit still da, ich im Sessel und sie auf dem Sofa. Silvia begann von den Kindern zu erzählen, die in der Pubertät waren, aber es war deutlich, dass sie mit etwas anderem beschäftigt war. Schließlich ging sie in die Küche und kam mit einer Flasche Sekt zurück. »Machst du sie auf?« Wir stießen mit den langstieligen Gläsern an und sahen uns dabei in die Augen.

Sie legte eine andere Platte auf, »Musik zum Träumen« stand auf dem Cover. »Lass uns tanzen!« sagte sie. Wir tanzten langsam, fast auf der Stelle. Ich atmete ihr Parfum, ich spürte unter meiner Hand den dünnen Stoff der Bluse, den Verschluss des Beha, den weichen weiblichen Rücken, sie war jetzt ganz nah, ich drückte sie an mich, ich küsste ihren Hals. Ich dachte an das Fest bei Max, wie wir zusammen getanzt hatten und ich sie in das dunkle Nebenzimmer gezogen hatte.

Ich öffnete langsam die Knöpfe ihrer Bluse und küsste sie zwischen die Brüste. Sie streifte ihre Bluse ab und ich zog mein Hemd aus und ließ es neben ihre Bluse zu Boden fallen. Wir tanzten eng umschlungen, ich fühlte die warme Haut ihres Körpers auf meiner Haut. Es war schön. Sie nahm mich an der Hand und zog mich ins dunkle Schlafzimmer, nur durch die halb geöffnete Tür fiel etwas Licht.

Wir waren alt genug und hatten genug getrunken, um die körperliche Vereinigung gelöst und lustvoll zu vollziehen und sie nicht durch seelische Irritationen und religiöse Bedenken stören zu lassen. Danach lagen wir nebeneinander auf dem Bett. Silvia hatte die Decke bis über die Brust hochgezogen. Ich sah im Halbdunkel an den Fenstern die pastellblauen Übervorhänge, die lang herab bis zum Boden hingen. Ich dachte an die Kellerbar von Max und wie Silvia den Frauen von der Einrichtung unserer neuen Wohnung erzählt hatte. Pastellblaue Übergardinen, hatte sie gesagt. Da hingen sie. Wie viel Zeit war vergangen! Wie war alles gekommen! Wie hatte sich alles verändert bis auf die Übergardinen!

»Jetzt haben wir es doch noch geschafft«, sagte ich scherzhaft. Es war kein besonders gelungener Scherz. »Ich war es dir schuldig«, sagte sie leise. »Nein«, sagte ich, »du bist mir nichts schuldig«. »Doch«, sagte sie. Wir schwiegen beide.

Es war uns beiden klar, dass es keine Fortsetzung geben würde. Oder war es nur mir klar? Es wäre alles sehr kompliziert geworden. Ich fragte sie nicht, ob sie zufrieden sei mit ihrem Leben, ob sie glücklich sei. Ich dachte, dass sie es wohl nicht sei. Aber es hatte keinen Wert, sich darüber zu unterhalten. Es gab nichts zu reden. Jedes Wort dazu hätte einen falschen Ton in die fragile Stimmung dieser Stunde gebracht. Jedes Wort hätte etwas anstoßen können, was man nicht anstoßen sollte. Keiner sprach von Liebe.

»Ich muss jetzt gehen«, sagte ich nach einer Weile. »Ja, du musst jetzt gehen«, sagte sie. Ich stand auf, suchte meine Sachen zusammen und zog mich an. Silvia war liegen geblieben. Ich küsste sie auf die Stirn. »Gute Nacht!« Sie sah mich ernst an, ihre Augen schimmerten feucht. Dann lächelte sie ein wenig: »Gute Nacht!« Als ich die Treppe runter ging, hörte ich das Wasser der Dusche im Bad rauschen.

Es war ein schöner Abend gewesen. Aber es konnte nicht weitergehen. Es konnte nichts mehr aus uns werden. Man konnte nicht einfach an früher anknüpfen. Silvia schien es auch so zu sehen. Es kam nichts mehr von ihrer Seite aus. Vielleicht wäre eine Freundschaft möglich gewesen. Vielleicht hätte sie es gewollt. Ich weiß nicht, ob es möglich gewesen wäre. Vielleicht hat sie auch einen Geliebten gesucht. Auch das schien mir im Nachhinein möglich. Aber da konnte ich ihr auch nicht helfen. Ich wollte es auch nicht. Ich wollte über all das nicht nachdenken. Ich konnte ihre Probleme nicht lösen. Es war alles zu spät. Mein Leben verlief in geordneten Bahnen. Es verlief einigermaßen so, wie ich es mir vorstellte. Die Liebe meiner

Mutter umsorgte mich, ich hatte eine Berufstätigkeit, die mich befriedigte, ich konnte am Abend ruhig auf den erfolgreichen Tagesverlauf zurückblicken. Ein überschaubares Leben. Die mexikanischen Turbulenzen würden sich legen.

Ich wollte kein Leben mit Problemen. Es war immer mein Ziel gewesen, Probleme nicht aufkommen zu lassen. Ich sah es als einen Sinn des Lebens an, Problemen aus dem Weg zu gehen oder anders gesagt, alles so zu organisieren, dass es nicht zu Problemen kommt.

Silvia erschien nicht mehr in der Bibliothek. Einige Zeit später erfuhr ich, dass sie sich von Horst getrennt hatte.

XXV

Als am Abend des Begräbnisses die pferdeäugige Kriemhilde mir erzählte, wie sie damals Silvia reinen Wein eingeschenkt habe bezüglich dessen, was ihr Mann so treibe, da dachte ich, das könne eine Erklärung sein. Ich sah das Tête à Tête mit Silvia in einem anderen Zusammenhang. Ich hatte mir damals keinen rechten Reim darauf machen können. Das war ich dir schuldig, hatte sie gesagt. Das hatte mich tief berührt.

Jetzt dachte ich, wenn Kriemhildes gesammelte Erzählungen über Puschkin damals Silvia dazu bewegt hatten, sich mir zuzuwenden, dann hätte sie vielleicht auch meinen Rat und meine Freundschaft gebraucht. Jemanden, der auf ihrer Seite steht. Vielleicht hat sie sogar an die Chance eines neuen Lebens mit mir geglaubt, wer weiß.

Ein kalter Luftzug strich plötzlich über die Theke, wir schauten alle zur Tür. Auf der Schwelle der offenen Tür stand eine dunkle Frau. Hinter ihr sah man in der Schwärze der Nacht den dicht fallenden Schnee. Sie trat ein paar Schritte herein und schüttelte das über die Schultern wallende schwarze Haar, dass die Schneeflocken stoben. Es war eine junge Frau von dunkelbrauner Hautfarbe, wir starrten sie an wie eine überirdische Erscheinung. Sie öffnete den Kaninchenpelzmantel und schüttelte mit einigen heftigen Bewegungen den Schnee ab. Darunter wurde ein kurzes, schwarzes Kleid sichtbar, das kragenlos am Hals endete, um den ein roter Seidenschal geschlungen war. Die schlanken Beine steckten in hochhackigen schwarzen Stiefeletten. Sie wandte sich nach der Tür um, durch die jetzt Horst eintrat, den Schnee von den Schuhen stampfend, ein verlegenes Lächeln auf dem Gesicht. Er ging an dem Mädchen vorbei auf uns zu, sie folgte ihm nach kurzem Zögern. Horst gab uns die Hand, einen Moment überlegte ich, ob ich ihm mein Beileid aussprechen sollte, aber es schien mir dann doch nicht ganz passend.

»Das ist Cynthia«, sagte Horst. Cynthia lächelte uns mit weißen Zähnen an und gab uns die Hand. »Hast du die für mich mitgebracht?« fragte Max. »Mach dir keine Illusionen!« antwortete Horst. »Viel kalt Deutschland«, sagte Cynthia und kroch tiefer in ihren Pelzmantel, den sie vor der Brust mit beiden Händen zusammenraffte. »Wie wär´s mit einem Glühwein?« fragte Max. »Besser einen Kaffee«, sagte Horst, »sonst wird sie übermütig«. Für sich verlangte er einen Puschkin und ein Bier. »Prost dann!« sagte er und wir hoben unsere Gläser.

»Ich hab´s nicht mehr rechtzeitig geschafft«, sagte Horst. »Als das Telegramm kam, war ich auf der Baustelle, ziemlich weit draußen, und bis die mich dann erreicht hatten ....«

»Ist das die Baustelle bei Bello Horizonte?« fragte Attila. »Nein«, Horst schüttelte den Kopf, »bei Bahia.«

»´sss war eine große Beeeerdi- jung«, sagte Karl, der ziemliche Mühe mit seiner Zunge hatte, »eine Massion Leute. Die Silvia hat eine schöne Beeeerdi- jung ge- habt, ja.«

»Wo sind die Kinder?« fragte Horst.

»Die müssen dahinten im Saal sitzen«, sagte Max.

Während Horst seine Kinder begrüßen ging, versuchte Max mit Cynthia ins Gespräch zu kommen. »Ist der Kaffee gut?« fragte er. »Ja«, lachte sie, »ist gut, aber Brasil coffee better.«

»Wie kann er nur diese Frau mit hierher bringen!« zischte mir Kriemhild zu. »Der hat doch keinen Funken Anstand im Leib- bei der Beerdigung seiner Frau ....« Ich nickte, ich fand es auch nicht so gut. »Die Silvia würde sich im Grab umdrehen«, flüsterte Kriemhild, »wenn sie das wüsste.«

Horst kam zurück, er hatte sich offenbar geärgert. »Komm, wir gehen!« sagte er zu Cynthia. »Mann, du wirst doch nicht schon gehen wollen«, sagte Max, »du bist ja grad erst gekommen. Mach dem Puschkin noch einen Schnaps und ein Bier!« rief er der Wirtin zu. »Und noch einen Kaffee für Cynthia! Geht alles auf mich.«

Horst kippte den Schnaps hinunter und trank das halbe Bier nach. »Was hätt´ ich denn machen sollen?« wandte er sich plötzlich an mich. »Ich konnte sie doch nicht allein da draußen auf der Baustelle sitzen lassen.« »Klar«, sagte ich. »Es war doch überhaupt keine Zeit«, sagte Horst, »da kam das Telegramm und da musste ich gleich los, da konnte ich nicht noch viel organisieren. Das ist ja alles nicht wie hier. Außerdem hatte ich ihr schon lange versprochen, sie mit nach Europa zu nehmen.« Er griff nach dem Glas und trank es aus.

»Ich sei schuld, ich sei an allem schuld, hat sie gesagt«, sagte Horst wütend. »Wer hat das gesagt?« fragte ich verwundert. »Inge. Meine eigene Tochter sagt zu ihrem eigenen Vater, dass er an allem schuld ist. Jetzt brauch ich noch ein´ Schnaps und ein Bier«, sagte er zur Wirtin. Er kippte den Schnaps runter und trank das Bier in einem Zug aus.

»Sie hat sich doch von mir getrennt, nicht ich von ihr«, fing er an. »Sie hat zu mir gesagt: Es geht nicht mehr. Gut, ich war immer auf Montage, ich war immer weg, das ist nicht einfach für eine Frau, versteh ich. Aber dafür hab ich auch viel Geld verdient. Und das war für die Familie da. Und es ist jahrelang gut gegangen. Auf einmal ging es nicht mehr. Es geht nicht mehr, sagte sie. Sicher, ich war kein Heiliger. Auf Montage kannst du nicht leben wie ein Heiliger. Hast du ja selbst gesehen«, sagte er zu mir. »Ja«, sagte ich. »Ich kann das nicht mehr mitmachen, sagte sie. Du bist nie da. Du hast andere Frauen. Du hast auf jeder Baustelle eine andere Frau. Das mach ich nicht mehr mit. Wer sagt, dass ich andere Frauen habe? hab ich gesagt. Ich weiß es, sagte sie. Ich möchte mal wissen, wer ihr davon erzählt hat. Aber irgendein Arschloch hat ihr was erzählt.«

»Ich war´s nicht«, sagte ich. »Natürlich warst du´s nicht«, sagte Horst.

»Gib mir mal ne Zigarette!« sagte er zu Karl.

»Ich hab auf Silvia immer große Stücke gehalten«, fuhr er fort. »Ich hätte mich nie von ihr getrennt«, er schüttelte entschieden den Kopf, »nie. Aber ich hab´s irgendwie verstanden. Gut! hab ich gesagt. Wie du willst! Ist mir nicht leicht gefallen. Ich hätte gern meine Familie zusammengehalten. Ich hab gedacht, vielleicht geht es eines Tages wieder. Sie wollte sich ja nicht scheiden lassen. Nur nicht mehr mit mir zusammenleben.« Er griff nach dem frischen Bier, das vor ihm stand. »Und«, sagte er, »ich hab ihr immer das Geld überwiesen. Mehr als ich musste.«

Cynthia flirtete mit Max. Max hatte ihren braunen Arm ergriffen, der mit einem goldenen Reif geschmückt war. Er strich mit dem Finger prüfend über Reif und Haut. »Ist das echt?« fragte er. »Alles echt«, lachte sie, »alles made in Brasil.«

»Hätte alles ganz anders kommen können«, sagte Horst und sah mich traurig an. »Ja«, nickte ich, »es hätte alles ganz anders kommen können.« Einen Moment lang waren wir in der Trauer um Silvia und alles, was passiert war, vereint.

»Aber die Kinder verstehen das nicht.« Der Ärger stieg wieder in Horst hoch. Er trank sein Bier aus. »Komm, Cynthia, wir gehen!« sagte er. Cynthia knöpfte ihren Pelzmantel zu. »Huuuh, wieder kalt!« sagte sie lachend und schüttelte sich. Sie winkte uns zum Abschied zu und folgte Horst. »Scharfe Tussi!« sagte Max anerkennend und sah dem Mädchen nach.

»Das ist alles, was euch dazu einfällt«, sagte Kriemhilde giftig. Sie hatte die ganze Zeit Horst ostentativ den Rücken zugekehrt, hielt sich aber nicht so weit abgewandt, dass sie die Gespräche nicht hätte mitverfolgen können.

»Komm, Ernst!« sagte sie und zog ihren Mann mit in den Saal, wo sie geneigte Ohren für ihre Entrüstung zu finden hoffte.

XXVI

Ich wollte noch einmal mit Waltraud sprechen. Ich ging in den Saal zurück, wo sie überall in kleinen Gruppen zusammensaßen und das Ereignis besprachen. Das Erscheinen Horsts und seiner Begleiterin hatte gewirkt. Ein Hauch von Exotik war durch den trüben deutschen Spätwintertag geglitten, der Schimmer ferner leuchtender Gestade hatte für einen kurzen Augenblick das dunkle Nebel- und Niflheim erhellt. Aber das war natürlich nicht die allgemeine Stimmung. Moralische Entrüstung erregte die Gemüter und bewegte die Gespräche. Die Männer behielten ihre Bewunderung für das Mädchen und letztlich auch für Horst still für sich und stimmten den Frauen bei. Neid attestiert gern sittliche Verfehlung.

Die Frauen wurden über den Skandal gar nicht mehr ruhig. »Wie kann man nur!« sagten sie und hörten gar nicht mehr auf den Kopf zu schütteln. »Wenn mir das einer erzählen würde, würde ich sagen: Das ist nicht wahr.« »Bringt der das Flittchen hierher mit!« »Und an dem Tag, wo seine Frau beerdigt wird!« Die Frauen sahen einander an und begannen synchron die Köpfe zu schütteln. »Also nein, da kann mir einer sagen, was er will, mit dem ist doch nichts los.« »Sicher«, sagten die Männer, »das hätte er nicht zu machen brauchen.« »Nein«, sagten sie, »das ist nicht in Ordnung.« »Klar«, sagten sie, »das macht man nicht.«

Waltraud saß allein da, sie hatte eine Tasse Kaffee vor sich stehen und rauchte eine Zigarette. »Wartest du auf Max?« fragte ich. »Ach«, sagte sie, »den kann ich vergessen. Der lässt sich jetzt volllaufen. Ich ruf mir ein Taxi und fahr nach Hause.« »Wie hat dir Horsts Auftritt gefallen?« fragte ich. »Geschmacklos«, sagte sie. »Die Männer müssen immer ihre Trophäen vorzeigen.«

»Erzähl mir von Silvia!« bat ich Waltraud. Ich hatte auf einmal den Wunsch, von ihr zu hören. Ich wollte alles über ihr Leben erfahren.

»Heut abend nicht«, sagte Waltraud. »Du warst doch ihre Vertraute«, sagte ich. »Ja«, sagte sie, »aber sie hat sich auch von mir allmählich entfernt.« Sie trank einen Schluck Kaffee und begann dann doch zu erzählen. »Ich hab sie einerseits immer für ihre Selbständigkeit bewundert. Gut, die Kinder waren noch im Haus, insofern war sie nicht allein. Die Kinder, das war ganz wichtig für sie. Und dann die Arbeit in der Kirche. Ich dachte oft, dass sie aus ihrem Leben etwas gemacht hat, dass sie alles im Griff hat, dass sie sich nicht unterkriegen lässt.« »Und das war nicht wahr?« fragte ich. »Das war schon wahr«, sagte Waltraud. »Aber die Wahrheit hält immer nur eine bestimmte Zeit. Die Wahrheit hat ein Verfallsdatum.« Sie zündete sich eine neue Zigarette an. »Und ihre Herzgeschichte ist schlimmer geworden. Das hatte damals angefangen, als zwischen Horst und ihr die Schwierigkeiten begannen. Sie hatte ja jedenfalls erfahren, dass Horst andere Frauen hatte. Sie muss ziemlich genau davon gewusst haben. »Das hat ihr was ausgemacht?« fragte ich. »Du stellst Fragen!« sagte sie. »Das ist doch klar, dass ihr das was ausgemacht hat. Sie wollte nicht mehr mit ihm zusammenleben. Damals hat sie auch jemanden gesucht. Sie hat für kurze Zeit einen Freund gehabt.«

»Ach!« sagte ich. Ich war überrascht, das hätte ich eigentlich nicht gedacht. Aber, dachte ich dann, ist ja verständlich, sie suchte jemanden, der zu ihr halten würde. Sie suchte einen Halt. Vielleicht hat sie den auch damals bei mir gesucht. Bestimmt sogar! Und ich hatte wieder versagt.

»Die Trennung von Horst hat ihr zunächst gut getan«, fuhr Waltraud fort. »Es war notwendig. Es war wie eine Befreiung. Vielleicht war es nur etwas zu spät. Aber, wie gesagt, sie schien alles zu meistern. Sie hatte ja noch die Kinder- und die Kirche.« »Aber scheiden lassen wollte sie sich nicht?« fragte ich. »Nein«, sagte Waltraud, »irgendwie wollte sie das nicht. Ich denke, das hatte mit der Kirche zu tun. Bis dass der Tod euch scheidet und so.«

Ich dachte daran, wie sie mir auf dem Pfarrfest den Kuchen gebracht hatte. Mit keinem Wort hatte sie auf den merkwürdigen erotischen Abend bei ihr angespielt. Aber das war damals ja auch schon eine Zeitlang her. Es war so lange her, dass ich es verdrängt hatte. Und es war so seltsam gewesen, dass man es nach einiger Zeit kaum noch glauben konnte. Ich hatte jedenfalls auf diesem Pfarrfest den Eindruck gehabt, dass alles gut bei ihr lief, dass ihr Leben eine Linie hatte. Sie hat ihrem Leben eine klare Struktur gegeben, dachte ich. Sie hat einen Sinn für sich gefunden. Sie kommt mit ihrem Leben zurecht.

»Was hat sie denn in der Kirche so gemacht?« fragte ich. »Sie hat sich vor allem in der Sozialarbeit engagiert«, sagte Waltraud. »Die Obdachlosen, um die hat sie sich besonders gekümmert. Sie hat sich dafür eingesetzt, dass eine Teestube eingerichtet wurde, wo die Leute hinkommen konnten. Du hast sicher davon in der Zeitung gelesen?« »Ja«, sagte ich. »Aber sie hatte wenig Unterstützung in der Pfarrei«, sagte Waltraud. »Den Raum könnten wir gut für den Kindergarten gebrauchen, sagten die Kindergärtnerinnen. Und die Mütter haben sich darüber aufgeregt, dass die Penner am Kindergarten vorbeigehen. Das wäre nicht gut, wenn die Kinder das sehen. Und andere haben gesagt: Im Pfarrheim gehen die Penner aus und ein. Und als dann der Opferstock in der Kirche aufgebrochen wurde, da war es ganz aus. Das komme davon, wenn man die verkrachten Existenzen anziehe, sagten sie. Obwohl natürlich nie bewiesen werden konnte, dass es einer von denen gewesen war. Aber die Teestube wurde auf Beschluss des Pfarrgemeinderates geschlossen. Kein Geld mehr da, hieß es offiziell.« »Und dann?« »Das war eine Enttäuschung für sie«, sagte Waltraud. »Später hat sie dann in der Altenarbeit mitgewirkt.«

Wir saßen eine Weile stumm da. Der kleine Saal hatte sich inzwischen fast ganz geleert. An einem Tisch saß Kriemhilde mit ein paar Frauen zusammen. Sie waren noch nicht bereit, sich dem Reiz eines Gesprächs zu entziehen, das den Teilnehmerinnen erlaubte, in kompletter Übereinstimmung dem Höhepunkt des Abends so wohltuende Boshaftigkeiten abzugewinnen. Attila hatte sich heimlich zu den Hunnen gesellt, die die Theke belagerten.

Max erzählte lautstark eine tierreiche Jagdgeschichte, er hatte Schwierigkeiten, sie einigermaßen zusammenhängend darzubieten. »Und dann kommt der Keiler direkt auf mich zu, verstehst du, in einem Affenzahn, sag ich dir, ein Riesenvieh, ich weiß ja nicht, welches Rindvieh den angeschossen hatte, rast in einem Carajo direkt auf mich zu, mein lieber Schwan, ich kann dir sagen.« Die Männer starrten in ihr Bier und nickten. Bedienungen gingen herum und räumten die Tische ab und Max erledigte im letzten Moment und aus nächster Nähe den Keiler mit einem gezielten Schuss.

»Als die Kinder fortgezogen sind, war´s auf einmal aus«, begann Waltraud wieder. »Du hättest sie am Schluss nicht wiedererkannt. Sie hatte sich so verändert. Auch innerlich. Sie hatte keine Kraft mehr.« Sie verstummte und fuhr sich mit einem Taschentuch über die Augen. »Ich muss jetzt gehen«, sagte sie und stand auf.

Wir gingen zusammen dem Ausgang zu. An der Theke standen Max, Karl, der Stier von Uri, Attila und Unkas, der immer noch gern als letzter ging.

»Kommst du mit?« fragte Waltraud ihren Mann. »Meine Stunde ist noch nicht gekommen«, antwortete Max in biblischer Größe. »Die Silvia«, sagte der Stier, »wär´ ganz schön bös mit uns, wenn wir jetzt schon heimgingen. Ich kenn´ euch ja gar nicht mehr wieder, würd´ sie sagen.«

Ich wartete mit Waltraud vor der Tür auf das Taxi. Als das Taxi kam, hielt ich ihr die Tür auf. »Nein, ich fahre nicht mit«, beschied ich ihre Einladung, »ich geh lieber noch ein bisschen durch die frische Luft.«

Es hatte aufgehört zu schneien. Die Bürgersteige waren mit Schnee bedeckt, in dem meine Schritte nasse Spuren hinterließen. Der Mond stand weiß am Himmel, und zwischen den zerrissenen Wolken waren die Sterne zu sehen.

XXVII

»Glaubst du, dass die Sterne Einfluss auf unser Leben haben?« fragte Silvia. Es war eine halbe Ewigkeit her.

Wir lagen nebeneinander auf der Wiese, im angehäuften Heu, und sahen in den funkelnden Sternenhimmel hinauf.

»Ich weiß nicht«, sagte ich. »Welchen Einfluss sollten sie haben? Ich kann mir das nicht vorstellen. Sie sind viel zu weit weg.«

»Aber sie bilden ganz bestimmte Konstellationen und dann wirken ganz bestimmte Kräfte«, sagte Silvia. »Die Entfernung spielt doch keine Rolle. Jedenfalls glauben die Menschen seit jeher daran, dass die Konstellation der Gestirne für das Schicksal der Menschen eine Bedeutung hat.«

»Nicht alles, was die Leute seit jeher glauben, ist wahr«, sagte ich.

»Aber der Stern von Bethlehem zum Beispiel, das war doch eindeutig das Zeichen einer neuen Zeit.«

»Das war vielleicht Zufall.«

»Wenn man an Zufall glaubt, kann man auch an die Sterne glauben«, sagte Silvia. »Warum tun die Menschen dies und jenes? Warum geht es ihnen so und so? Das ist doch oft ganz unerklärlich. Ich glaube jedenfalls schon, dass die Konstellation der Sterne einen Einfluss hat, vielleicht sogar einen großen, vielleicht ist da eine göttliche Macht wirksam.«

»Und die menschliche Freiheit?« fragte ich.

»Die menschliche Freiheit?« sagte sie. »Was ist denn die menschliche Freiheit? Die menschliche Freiheit ist hinten und vorne beschränkt. Über mich bestimmt mein Vater, aber vielleicht auch nur, weil eine bestimmte Konstellation der Sterne es jetzt erlaubt. Vielleicht ändert sich das, wenn die Sterne anders stehen. Ich glaube an die Sterne. Sie können auch zugunsten des Menschen zusammentreten, denke ich. Vielleicht hat Gott die Sterne dazu geschaffen. Der Kosmos ist eine große göttliche Ordnung. Kosmos heißt doch Ordnung, nicht?«

Ich hatte lange nicht mehr an dieses Gespräch gedacht. Jetzt auf dem Heimweg durch die sternenfeuchte Winternacht dachte ich wieder daran. Aber wie damals wusste ich auch jetzt keine Antwort auf die Frage, ob die Sterne eine Bedeutung haben, die über das Metaphorische hinausgeht.

XXVIII

Ich sperrte die Haustür auf und machte Licht im Flur. Ich legte meine Sachen in der Diele ab und ging ins Wohnzimmer, wo ich die Stehlampe einschaltete. Ein wohlig durchwärmter, behaglicher Raum umgab mich. Ich schenkte mir ein Glas Rotwein ein und setzte mich in einen Sessel. Ich nahm einen Schluck Rotwein und genoss den vollen, runden Geschmack auf Zunge und Gaumen. Ich stand wieder auf und suchte unter meinen CDs das »Stabat mater« von Pergolesi heraus. Während die Musik aufklang und die Stimme der Sängerin den Schmerz Mariens unterm Kreuz in Gesang verwandelte, zündete ich die Kerze unter den Bildern meiner Eltern an. Auf einer kleinen Kupferschale daneben lag ein Stückchen Holzkohle. Ich hielt die Holzkohle mit einer Pinzette in die Flamme der Kerze, bis sie anfing zu glühen. Aus einem Döschen im Sideboard nahm ich einige Körner Weihrauch und legte sie auf die glühende Holzkohle in der Schale. Der Rauch stieg vor den Bildern meiner Eltern auf und verbreitete sich im Raum. Ich saß im Sessel und hörte die liturgische Musik und den lateinischen Gesang und das leise Knacken der Weihrauchkörner auf der Glut. Ich roch den Duft des Weihrauchs, der in leichten Wölkchen durchs Zimmer schwebte und Herz und Gedächtnis bewegte.

Lauter Dinge rings um mich, die ich mochte. Eine Anordnung, die es mir erlaubte mich wohlzufühlen, ein Zusammenhang, der der Ruhe des Herzens förderlich war. Den persischen Teppich hatte ich mit viel Sorgfalt ausgesucht, Farben und Muster ließen Auge und Seele sich wie in Blumengärten ergehen. Die ortsansässigen Maler, deren Bilder an den Wänden hingen, kannte ich persönlich. Ich hatte im Auftrag der Stadt Ausstellungen für sie organisiert. Ihre Bilder stellten Land und Leute der Region dar. Die mittelalterliche Stadtkirche vor einem Himmel in Gold und Blau und Rot, wie ein Versprechen der ewigen Seligkeit. Die Schrankwand enthielt Vitrinen für Gläser und viel Platz für Bücher. Die Klassiker präsentierten sich in edlen Werkausgaben. Ich stand auf und zog mit Bedacht einen Band heraus.

»Die Konstellation war glücklich; die Sonne stand im Zeichen der Jungfrau und kulminierte für den Tag; Jupiter und Venus blickten sie freundlich an, Merkur nicht widerwärtig; Saturn und Mars verhielten sich gleichgültig; nur der Mond, der soeben voll ward, übte die Kraft seines Gegenscheins um so mehr, als zugleich seine Planetenstunde eingetreten war .... Diese guten Aspekten, welche mir die Astrologen in der Folgezeit sehr hoch anzurechnen wussten, mögen wohl Ursache an meiner Erhaltung gewesen sein.«

Die guten Aspekte der Sternenstunde als Ursache der Erhaltung. Kann sein. Man ist aber nicht davon entbunden, sich selbst als die wesentliche Veranlassung von dem anzusehen, was einen so erhält im Leben und was man so erhält im Leben. Man kann sich nicht mit dem Stand der Sterne entschuldigen. Aber man tut es. Das ganze Leben sucht man nach Entschuldigungen und Gründen dafür, warum es so gekommen ist. Die Sterne, die Verhältnisse, die andern, Schicksal, Gene, Gottes Wille.

Ja, warum nicht die Sterne? Unter welchen Sternen hatten Silvia und ich gestanden? Nach langer, langer Zeit brachte ich uns durch »und« wieder in Verbindung. Die Tote und den Lebenden. Was hatten wir falsch gemacht, dass unsere »Konjunktion« im Leben nicht zustande gekommen war? Oder hatten wir nichts falsch gemacht und waren nur einfach nicht füreinander bestimmt? Sie war nicht glücklich geworden, war ich daran schuld? Wäre unsere Verbindung der Weg gewesen, auf dem sie hätte glücklich werden können? Wäre sie mit mir glücklich geworden? So hoch konnte ich mich selbst unmöglich schätzen. Ich bin kein Glücksgarant für jemand anderen. Und war ich selbst denn glücklich geworden?

Ich hatte zwischen Silvia und meiner Mutter wählen müssen und ich hatte meine Mutter gewählt. Ich hatte nicht nur meine Mutter gewählt. Ich hatte auch ein anderes Leben gewählt. Ich war allem aus dem Weg gegangen, was mich hätte belasten können. Ich hatte die Chance genutzt, die Silvia mir bot, als sie mich vor die Entscheidung stellte. War es wirklich so?

Ich wollte nicht die Verantwortung für ihr Leben und ihr Glück übernehmen. Ich merkte, wie sehr sie auf mich setzte, und floh, als sie mir die Gelegenheit dazu bot. Es war mir zu viel. Aber ich weiß nicht, ob es damals wirklich so war. Jetzt sah ich es so. Ich trug die Schuld für ihr Scheitern. Und dann jener Abend in ihrer Wohnung, vielleicht ein Hilferuf, den ich nicht verstand. Oder nicht verstehen wollte. Vielleicht war ich zu ihrer Rettung bestellt gewesen. Ich hatte diesen Ruf überhört. Ich hatte mein Leben geordnet. Alles war an seinem Platz. Nichts sollte sich ändern. Ich war unanfechtbar wie der Bamberger Reiter. Aber das war auch eine Verurteilung.

Nein, warum sollte ich mich selbst verurteilen? Ich konnte nicht anders handeln, als ich gehandelt hatte, das hatte ich immer gewusst. Oder geglaubt..

Bis gestern, dachte ich, war ich ganz zufrieden, ich war sicher, dass alles in Ordnung ist. Jetzt war ich nicht mehr sicher. Jetzt dachte ich, dass die geordneten Systeme auf der Unordnung und dem Untergang der anderen errichtet sind.

Ich nahm ein Fotoalbum aus der unteren Schublade. Ich brauchte nicht lange zu suchen, ich habe Ordnung in meinen Sachen. Ich löste das Foto vom Blatt und lehnte es an die Blumenvase vor mir auf dem Couchtisch. Es schien aus einem anderen Leben zu stammen. Silvia in weißem Sommerkleid, wir hatten uns verlobt, es war am Tag unserer Verlobung. Es war wie eine Offenbarung. Es war eine verloren gegangene Wahrheit. Wir waren einmal verlobt, dachte ich ungläubig. Ich spürte einen Schmerz, ich fühlte mich plötzlich einsam, als habe ich jemanden verloren. Ich fühlte den Schmerz der Schuld, die nicht mehr gut gemacht werden kann, weil jede Gelegenheit zur Wiedergutmachung vorüber ist. Es war ja nichts mehr zu ändern. Ich war in meiner geordneten Welt gefangen. Ich fühlte den Schmerz des Versäumnisses. Ich fühlte den Schmerz, der dem Gefühl entsteigt, dass etwas unwiderruflich ist. Ich spürte den Schmerz eines Verlustes, der endgültig ist.

Ist Ordnung nur durch Verluste herzustellen? Ist die Herstellung von Ordnung immer ein schuldhaftes Vorgehen?

Ich werde dich nicht vergessen, sagte ich zu dem Bild, als ob das noch etwas ändern würde. Ich werde dich nicht vergessen, sagte ich zu dem Bild, weil nichts mehr zu ändern war. Ich würde das Bild rahmen und neben den Bildern meiner Eltern anbringen. Ich würde Kerzen anzünden und Weihrauch verbrennen und Musik auflegen. Blumen würden davor stehen. Vielleicht konnte ich nur mit Bildern richtig umgehen. Vielleicht muss etwas vorbei sein, damit ich damit verkehren kann. Vielleicht muss jemand tot sein, damit ich mich ihm nähere.

»In dieser Nacht«, sagte ich laut zu dem Bild, »lösen auf lauen Kissen, vergilbt von Weihrauch, sich der Liebenden schmächtige Glieder.« Wo hatte ich das gelesen? Meine Stimme war rau und meine Augen waren nass. Die Poesie hilft uns etwas in eine Sphäre heben, in der wir lieben können. Aber diese Sphäre ist ein virtueller Raum.

Ich trat ans Fenster und öffnete beide Flügel. Die feuchte Kühle der Nacht umfing mich, dichter weißer Schnee glitt vom nächtlichen Himmel. Es war ganz still. Schnee fiel und bedeckte das Land. Ich dachte, dass der Schnee sich auf das Grab und die Blumen und die Kränze legen würde. Der Schnee deckt alles zu, Gräber, Kränze, Schuld und Mühsal des Lebens.

Die Musik Pergolesis drang in die stille Nacht hinaus. Paradisi gloria, sang die Stimme hinter mir. Amen, sagte ich. Aber ich war nicht sicher.